A Dimensão Desconhecida

A *dimensão desconhecida*

Nona Fernández

tradução de
Silvia Massimini Felix

© Nona Fernández Silanes, 2016
Esta tradução de *La dimensión desconocida* foi possível mediante acordo com Ampi Margini Literary Agency e autorização de Nona Fernández Silanes.

Edição Nathan Matos
Assistente Editorial Aline Teixeira
Revisão Tamy Ghannam e Nathan Matos
Diagramação Luís Otávio Ferreira
Capa Sérgio Ricardo

Dados Internacionais de Catalogação na Publicação (CIP) de acordo com ISBD

F363d   Fernández, Nona
A dimensão desconhecida / Nona Fernández ; traduzido por Silvia Massimini Felix. – São Paulo : Moinhos, 2023.
224 p. ; 14cm x 21cm.
ISBN: 978-65-5681-152-9
1. Literatura chilena. 2. Romance. I. Felix, Silvia Massimini. II. Título.
2023-2489   CDD 868.9933   CDU 821.134.2(83)-31
Elaborado por Vagner Rodolfo da Silva - CRB-8/9410

Índice para catálogo sistemático:
1. Literatura chilena : Romance 868.9933
2. Literatura chilena : Romance 821.134.2(83)-31

Todos os direitos desta edição reservados à Editora Moinhos
www.editoramoinhos.com.br
contato@editoramoinhos.com.br
Facebook.com/EditoraMoinhos
Twitter.com/EditoraMoinhos
Instagram.com/EditoraMoinhos

*Para M, D e P,
minhas letras fundamentais*

Mais além do conhecido há outra dimensão.
Você acaba de atravessar o umbral.

The Twilight Zone

*Imagino e faço com que sejam testemunhas as velhas árvores,
o cimento que sustenta meus pés,
o ar que circula pesado e não abandona essa paisagem.*

*Imagino e completo os relatos truncados,
recrio as histórias pela metade.*

Imagino e posso ressuscitar os rastros do tiroteio.

Zona de Ingresso

Eu o imagino andando por uma rua do centro. Um homem alto e magro, de cabelos pretos, com bigodes espessos e escuros. Na mão esquerda, traz uma revista dobrada. Aperta-a com força, parece que ela o mantém firme à medida que avança. Imagino-o apressado, fumando um cigarro, olhando de um lado para o outro nervoso, certificando-se de que ninguém o segue. É o mês de agosto. Especificamente a manhã de 27 de agosto de 1984. Imagino-o entrando em um prédio no cruzamento da rua Huérfanos com a Bandera. Trata-se da redação da revista *Cauce*, mas isso eu não imagino, isso eu li. A recepcionista do lugar o reconhece. Não é a primeira vez que ele faz o mesmo pedido: precisa falar com a jornalista que escreveu o artigo na revista que ele traz. Tenho dificuldade de imaginar a mulher na recepção. Não consigo configurar um rosto claro para ela, nem mesmo a expressão com a qual fita esse homem nervoso, mas sei que desconfia dele e de sua urgência. Imagino que tente dissuadi-lo, que lhe diz que a pessoa que ele está procurando não está lá, que não vem todos os dias, que não insista, que vá embora, que não volte, e também imagino, porque é esse o meu papel nesta história, que a cena é interrompida por uma voz feminina que, se eu fechar os olhos, também posso imaginar enquanto escrevo.

Você está procurando por mim, diz. O que você quer?
O homem observa em detalhes a mulher que falou com ele. Provavelmente a conhece bem. Deve tê-la visto antes em alguma fotografia. Talvez a tenha seguido ou pesquisado um arquivo com seus antecedentes. Ela é a mulher que ele procura. Aquela que escreveu o artigo que ele leu e traz consigo. Ele sabe. É por isso que se aproxima dela e estende a mão direita, dando-lhe seu cartão de identificação como membro das Forças Armadas.

Imagino que a jornalista não esperava algo assim. Olha para o cartão, confusa. Eu poderia acrescentar: assustada. Andrés Antonio Valenzuela Morales, primeiro soldado, carteira de identidade 39.432 da comuna de La Ligua. Junto às informações, uma fotografia com o número de registro 66.650, que eu não imagino, que eu leio aqui, no depoimento que a mesma jornalista escreveu algum tempo depois.

Quero falar com você sobre coisas que fiz, o homem diz olhando nos olhos dela, e imagino um leve tremor em sua voz no momento de pronunciar essas palavras que não são imaginadas. Quero falar com você sobre o desaparecimento de pessoas.

A primeira vez que o vi foi na capa de uma revista. Era uma revista *Cauce*, uma daquelas que eu lia sem entender quem eram os protagonistas de todas aquelas manchetes que relatavam ataques, sequestros, operações, crimes, golpes, processos, denúncias e outros eventos horríveis da época. "Suposto autor do atentado era o chefe local da CNI", "Degolados continuam penando em La Moneda", "Foi assim que planejaram matar Tucapel Jiménez", "A DINA teria ordenado os fuzilamentos de Calama". Minha leitura do mundo aos treze anos era pautada pelas páginas daquelas revistas que não eram minhas, que eram de todos, e que circulavam de mão em mão entre meus colegas do colégio. As imagens que apareciam em cada exemplar iam montando um panorama confuso do qual eu nunca conseguia fazer um mapa completo, mas em que cada detalhe obscuro ficava me rondando em algum sonho.

Lembro-me de uma cena inventada. Eu mesma a imaginei a partir da leitura de um artigo. Na capa, estava o desenho de um homem sentado em uma cadeira com os olhos vendados. A seu lado, um agente o interrogava sob um grande foco de luz. Dentro da revista havia uma espécie de catálogo com as formas de tortura registradas até então. Lá eu li depoimentos de algumas vítimas e vi gráficos e desenhos saídos como se de um livro medieval. Não me lembro de tudo em detalhes, mas tenho uma vívida lembrança da história de uma jovem de dezesseis anos que contava que, no centro de detenção onde ela estava, tinham tirado suas roupas, emporcalhado seu corpo com excrementos e a trancado em um quarto escuro cheio de ratos.

Eu não queria, mas inevitavelmente imaginei aquele quarto escuro cheio de ratos.

Sonhei com aquele lugar e despertei daquele sonho muitas vezes.

Agora mesmo não consigo espantá-lo de vez e talvez seja por isso que estou escrevendo aqui, como uma maneira de tirá-lo de cima de mim.

Como parte desse mesmo sonho, ou talvez de outro parecido, herdei o homem que imagino. Um homem comum, como qualquer outro, sem nada em particular, exceto aqueles bigodes espessos que, pelo menos para mim, chamaram a atenção. Seu rosto na capa de uma dessas revistas, e acima de sua foto uma manchete em letras brancas que dizia: EU TORTUREI. Abaixo, outra frase na qual se podia ler: TESTEMUNHO ESPANTOSO DE UM FUNCIONÁRIO DOS SERVIÇOS DE SEGURANÇA. No interior, vinha uma separata em que se publicava uma longa e exclusiva entrevista. Nela, o homem fazia um trajeto por todo o seu tempo como agente de inteligência, desde quando ele era um jovem recruta da Força Aérea até o momento em que veio dar seu depoimento à revista. Eram folhas e folhas com informações detalhadas sobre o que ele tinha feito, com nomes de agentes, prisioneiros, delatores, com endereços de centros de detenção, com a localização de lugares onde se enterraram corpos, com a especificidade dos métodos de tortura, com o relato de muitas operações. Páginas azul-claras, eu me lembro bem, nas quais entrei por um momento em uma espécie de realidade paralela, infinita e escura, como aquele quarto com que eu sonhava. Um universo perturbador que pressentíamos lá fora, escondido além dos limites do colégio e de nossa casa, em que tudo acontecia sob uma lógica pautada pelas regras do confinamento e dos ratos. Uma história de terror contada e protagonizada por um cavalheiro comum, parecido com nosso professor de ciências, assim pensamos, com aquele bigode tão grosso sobre os lábios. O homem que torturava não falava sobre ratos na entrevista, mas poderia perfeitamente ser o domador de todos eles. Acho que imaginei isso. Um encantador de ratos tocando uma melodia que obrigava a segui-lo, que não deixava outra alternativa a não ser avançar na fila e entrar naquele lugar perturbador em que ele vivia. Não parecia um monstro ou um gigante malévolo, nem um psicopata do qual era preciso fugir. Nem sequer era visto como aqueles carabineiros que, com botas, capacete e escudo, nos enchiam de golpes de cassetete nas manifestações de rua. O homem que torturava podia ser qualquer um. Até nosso professor do colégio.

A segunda vez que o vi foi vinte e cinco anos depois. Eu estava trabalhando na escrita de uma série de televisão em que uma das tramas era protagonizada por um personagem inspirado nele. Era uma série de ficção em que havia muito romance, é claro, assim deve ser na televisão, mas também, sendo justos com o material e com a época em que se passava a história, perseguição e morte.

O personagem que construímos era um agente de inteligência que, depois de participar de operações de detenção e tortura de pessoas, voltava para casa, ouvia uma fita cassete com músicas românticas e lia revistas do Homem-Aranha com seu filho na hora de dormir. Durante doze capítulos acompanhamos de perto sua vida dupla, essa divisão absoluta entre o íntimo e o trabalho que, secretamente, o consumia. Ele não se sentia mais confortável em seu trabalho, seus nervos começaram a traí-lo, os calmantes não faziam mais efeito, ele não dormia nem comia, parava de falar com sua esposa, de tocar seu filho, de interagir com seus companheiros. Sentia-se doente, angustiado e atemorizado por seus superiores, preso em uma realidade da qual não sabia como fugir. No clímax da série, ele ia até seus próprios inimigos e lhes entregava o testemunho brutal do que tinha feito como agente de inteligência, em um gesto desesperado de catarse e alívio.

Para escrever a série, voltei à entrevista que tinha lido quando era adolescente.

Lá o vi de novo na capa.

Seu bigode grosso, seus olhos escuros olhando para mim do outro lado do papel e aquela frase impressa sob sua fotografia: EU TORTUREI.

O feitiço permanecia intacto. Como um ímã, eu estava novamente obcecada por sua figura, disposta a segui-lo aonde quer que seu testemunho me levasse. Li com atenção cada linha do que ele disse. Vinte e cinco anos depois, meu confuso mapa ia se concentrando em algumas zonas. Agora reconhecia claramente quem eles eram e que papel desempenhavam todos esses nomes e siglas que ele mencionava. Coronel Edgar Ceballos Jones, da Força Aérea; general Enrique Ruiz Bunguer, diretor de Inteligência da Força Aérea; José Weibel Navarrete, dirigente do Partido Comunista; o admirado Quila Rodríguez Gallardo, membro do Partido Comunista; Wally, agente civil do

Comando Conjunto; o Fanta, ex-militante do Partido Comunista e mais tarde delator e perseguidor; o Fifo Palma, Carlos Contreras Maluje, Yuri Gahona, Carol Flores, Guillermo Bratti, René Basoa, o Coño Molina, o Señor Velasco, o Patán, o Yerko, o Lutti, La Firma, Peldehue, Remo Cero, Ninho 18, Ninho 20, Ninho 22, a Comunidade de Inteligência de Juan Antonio Ríos. A lista é interminável. Voltei a entrar nessa dimensão escura, mas dessa vez com uma lanterna que eu carregara por anos e que me permitia me mover muito melhor lá dentro. A luz dessa lanterna iluminou minha jornada e eu tinha certeza de que todos os dados entregues pelo homem que torturava não só estavam lá para surpreender o leitor dessa época e abrir seus olhos para o pesadelo, mas também haviam sido lançados e publicados para deter a mecânica do mal. Eram uma prova clara e concreta, uma mensagem enviada do outro lado do espelho, irrefutável e real, para provar que todo aquele universo paralelo e invisível era verdadeiro, não uma invenção fantasiosa, como muitas vezes se disse.

A última vez que o vi foi há algumas semanas. Trabalho no roteiro do documentário de alguns amigos sobre o Vicariato da Solidariedade, uma organização da Igreja Católica que foi criada em plena ditadura para ajudar as vítimas. O filme é um registro do trabalho de contrainteligência que foi desenvolvido principalmente pelos advogados e assistentes sociais da organização. A partir dos depoimentos e de todo o material que iam armazenando com cada caso de desaparecimento forçado, de detenção, de sequestro, tortura ou qualquer outra agressão que encontrassem, apareceram dados que ajudaram a conformar uma espécie de panorama da repressão. Estudando obsessivamente esse panorama, a equipe do Vicariato tentava desvendar a lógica sinistra que circulava ali dentro para, com sorte, antecipar as ações dos agentes e salvar vidas.

Estamos trabalhando no filme há anos e o material é tão intenso que nos faz ficar um pouco nauseados. Meus amigos, os autores do documentário, gravaram horas e horas de entrevistas com os protagonistas da história. Cada um narrou para a câmera sua chegada à organização, seu trabalho nela e a estranha maneira como foram se convertendo em detetives, espiões, investigadores secretos. Todos eles acabaram analisando informações, interrogando, organizando operações, construindo um reflexo dos serviços de segurança do inimigo, mas com propósitos mais nobres. O que foi registrado em cada entrevista é de total interesse, apresentado com tal nível de aprofundamento que a seleção se tornou muito difícil. É por isso que, toda vez que eu me preparo para uma sessão de trabalho, precisa ser muito cedo pela manhã, com um café forte ao meu lado, para ficar o mais lúcida possível.

A manhã que quero narrar é uma dessas. Chuveiro, café, caderno de anotações, lápis e o botão de play para iniciar o novo trecho a ser revisado. Ao fazê-lo, eu tomava notas, congelava imagens, experimentava cortes mentais, ouvia repetidamente alguns pontos para me convencer se eram necessários ou não. Estava nisso, no meio de depoimentos, entrevistas e imagens de arquivo conhecidas e revisadas milhões de vezes, quando inesperadamente apareceu ele, o homem que torturava.

Estava diante de mim. Já não era apenas uma imagem imóvel impressa em uma revista.

Agora seu rosto adquiria vida na tela, ressuscitava aquele velho feitiço e se apresentava pela primeira vez em movimento. Seus olhos piscavam diante da câmera, suas sobrancelhas se moviam de modo sutil. Inclusive eu podia reconhecer a imperceptível oscilação de seu peito ao respirar.

Meus amigos me explicaram que, aproveitando uma visita, eles tinham conseguido uma entrevista. O homem não regressava desde os anos 80, época em que deu seu depoimento e saiu do país clandestinamente. Trinta anos depois voltaria para ir aos tribunais e continuar fazendo suas declarações, mas dessa vez em casos específicos diante de um ou mais juízes. A ideia tinha sido dele, não o haviam chamado. Mesmo os funcionários da polícia e do Ministério do Interior da França, encarregados de sua segurança todos esses anos, tentaram dissuadi-lo. A imagem que vi naquela manhã na tela de minha televisão era a de um homem que havia regressado a seu país depois de muito tempo com a convicção de que deveria encerrar um capítulo. De fato, assim declarou na única entrevista que deu à imprensa durante sua breve estada no Chile.

Agora que escrevo, volto a enquadrar essa imagem em minha tela.
É ele. Está ali, do outro lado do vidro.

O homem que torturava olha para o meu rosto como se estivesse realmente me observando. Tem os mesmos bigodes grossos, mas agora eles não são mais pretos, já são grisalhos, da mesma forma que seu cabelo. Trinta anos se passaram desde aquela foto na capa da revista *Cauce*. Trinta anos que são delatados pelas rugas que lhe sulcam a testa e o cenho, pelos óculos antirreflexo que ele usa e pelos cabelos grisalhos que já mencionei. Ele fala com uma voz que eu não conhecia. Um tom calmo, muito diferente do que ele deve ter tido no momento em que veio testemunhar no ano de 1984. Sua voz inclusive é suave, tímida, muito diferente de como eu a imaginava. Eu poderia dizer que ele responde às perguntas que meus amigos lhe fazem com relutância, sem querer fazê-lo, mas com a convicção de que é um dever, como se estivesse cumprindo a ordem de um superior.

Olho para ele e penso nisto, na necessidade secreta de cumprir sempre a ordem de algum superior.

Agora é tudo parte de uma história antiga, e ele usa muito a expressão "eu me lembro de que", enquanto seus olhos delatam o exercício da memória. Há apenas algumas frases dessa entrevista que me chamam a atenção. Frases dele que eu não tinha lido antes em nenhum lugar, e que o homem pronuncia com um gesto calmo, jogando-as no ar para que eu as recolha e escreva.

Lembro-me das primeiras marchas.
As pessoas saíam às ruas com cartazes de seus familiares desaparecidos.
Às vezes eu circulava entre aquelas pessoas.
Eu via aquelas mulheres, aqueles homens.
Olhava para as fotos que eles carregavam e dizia:
eles não sabem, mas eu sei onde essa pessoa está,
eu sei o que aconteceu com ela.

Meu rosto se reflete na tela da tevê e minha cara se funde com a dele. Eu me vejo atrás dele, ou na frente dele, não sei. Pareço um fantasma na imagem, uma sombra que o ronda, como um espião que o vigia sem que ele perceba. Acho que em parte sou isto, agora que o observo: um espião que o vigia sem que ele perceba. Está tão perto que eu poderia falar no seu ouvido. Transmitir-lhe alguma mensagem que ele tomaria como seu próprio pensamento porque não me vê, não sabe que estou aqui com a intenção de falar com ele. Ou melhor, de escrever para ele, que é a única coisa que eu sei fazer. Poderia ser um par de frases no vidro da tela, diante de seus olhos, que ele leria como uma aparição paranormal. Um sinal de além-túmulo ao qual deve estar acostumado. Uma mensagem em uma garrafa de vidro jogada no mar negro onde naufragam todos aqueles que já habitaram essa dimensão paralela e escura. Embora não seja fácil, conseguiria seus dados e escreveria uma carta tentando fazer contato. A carta seria muito formal, usando aquilo de "caro", eu me dirijo ao senhor, minhas cordiais saudações, porque acho que só assim ele poderia chegar a lê-la. Nela, eu lhe diria que quero escrever sobre ele e que me parece justo informá-lo e talvez, se ele se animar, torná-lo parte desse projeto que imagino.

Caro Andrés:
Não nos conhecemos pessoalmente e espero que a coragem de obter seu endereço e tomar a liberdade de escrever para o senhor não vá impedi-lo de continuar a ler esta carta. A razão dela é que eu gostaria de contatá-lo, pois tenho a esperança de escrever um livro com sua figura. Por quê?, o senhor se perguntará, de forma justa, e eu posso responder que eu mesma me fiz essa pergunta sem encontrar uma resposta satisfatória. As razões não são claras porque, em geral, eu nunca tenho certeza do motivo das minhas obsessões e o senhor, com o tempo, tornou-se isto para mim, uma obsessão. Sem saber, estou em seu encalço desde os treze anos, quando o vi na capa da revista *Cauce*. Eu não entendia, e ainda não entendo, tudo o que

aconteceu à minha volta quando criança, e suponho que tentando entender um pouco fiquei enfeitiçada por suas palavras, pela possibilidade de decifrar através delas o enigma. Mais tarde, por razões de interesse e trabalho, conheci em detalhes sua história e consegui ler todo o material que foi publicado sobre ela, material que ainda me parece escasso e mesquinho, dado o valor dos dados que o senhor entregou. Agora que estou lhe escrevendo, tento novamente esclarecer minhas motivações para não parecer tão vaga na sua frente, mas só posso dizer honestamente que mais perguntas aparecem em resposta.

Por que escrever sobre o senhor? Por que ressuscitar uma história que começou há mais de quarenta anos? Por que falar de novo sobre corvos, choques elétricos e ratos? Por que falar de novo sobre o desaparecimento de pessoas? Por que falar de um homem que participou de tudo isso e a certa altura decidiu que não poderia mais fazê-lo? Como se decide que já não se pode mais? Qual é o limite para tomar essa decisão? Existe um limite? Todos temos o mesmo limite? O que eu teria feito se, aos dezoito anos, como o senhor, eu tivesse entrado no serviço militar obrigatório e meu superior tivesse me levado para vigiar um grupo de presos políticos? Eu teria feito meu trabalho? Teria escapado? Teria entendido que esse seria o começo do fim? O que meu parceiro teria feito? O que meu pai teria feito? O que meu filho faria naquele lugar? Alguém tem de ocupar aquele lugar? De quem são as imagens que rondam minha cabeça? De quem são os gritos? Eu os li no depoimento que o senhor deu à jornalista ou eu mesma os ouvi certa vez? São parte de uma cena sua ou de uma cena minha? Existe um limite tênue que separe os sonhos coletivos? Há algum lugar onde o senhor e eu sonhamos com uma sala escura cheia de ratos? Essas imagens também se colam em sua vigília, sem deixá-lo dormir? Algum dia poderemos escapar desse sonho? Poderemos sair de lá e dar ao mundo a má notícia do que fomos capazes de fazer?

Quando eu era criança, diziam-me que se eu me comportasse mal o homem do saco ia me levar. Todas as crianças que não obedeciam a seus pais desapareciam no saco infinito e escuro daquele homem malvado. Longe de me assustar, essa história sempre me deixou curiosa. Secretamente eu queria conhecer aquele homem, abrir seu saco, entrar nele, ver as crianças desaparecidas e conhecer o coração do negro mistério. Eu imaginei isso muitas vezes. Dei-lhe um rosto, um terno, um par de sapatos. Ao fazê-lo, sua figura se tornava mais perturbadora, porque normalmente o rosto que eu punha nele era um conhecido, o do meu pai, o do meu tio, o do dono da vendinha da esquina, o do mecânico da oficina ao lado, o do meu professor de ciências. Todos podiam ser o homem do saco. Até mesmo eu, se me olhasse no espelho e pintasse um bigode, talvez pudesse assumir esse papel.

Estimado Andrés, sou a mulher que quer olhar dentro do saco.

Estimado Andrés, sou a mulher que está disposta a pintar um bigode para assumir seu papel.

Se o senhor chegou ao final desta carta e meu pedido não lhe parece absurdo ou inapropriado, agradeceria se pudesse me escrever neste mesmo endereço. Estarei atenta esperando sua resposta.

O alarme do relógio soa às 6h30 todos os dias. A partir desse momento, o que está por vir é uma longa cadeia de movimentos acelerados e desajeitados, que tentam começar a manhã espantando o sono e mantendo a compostura entre os bocejos e a vontade de continuar dormindo. Móveis que se abrem, xícaras que se preenchem de café e leite, torneiras de água que começam a correr, duchas, escovas de dentes, desodorantes, pentes, torradas, manteiga, notícias da manhã, o locutor anunciando o assalto da vez ou o engarrafamento diário das vias públicas. Depois é hora de esquentar o almoço para meu filho, arrumá-lo na térmica, preparar um lanche para o recreio. E entre cada atividade acelerada lançar um "vamos logo, já é tarde, estamos atrasados". Para então insistir com outro "já te disse pra se apressar, já é tarde, estamos atrasados". O gato mia, quer comida e água. O caminhão de lixo passa levando os detritos que jogamos fora na noite anterior. O ônibus escolar estaciona na frente e buzina, anunciando-se aos meus vizinhos. As crianças saem gritando, a mãe se despede. O homem do cachorro passa com seu cachorro e cumprimenta enquanto abro o portão de casa e o pai de meu filho liga o motor do carro, preparando-se para sair. O jovem que corre passa correndo. A mulher do celular fala no celular. Tudo é como ontem ou anteontem ou amanhã, e naquele círculo espaçotemporal em que navegamos diariamente, meu filho me dá um beijo para cumprir o rito cíclico, entra no carro com o pai e os dois saem exatamente às 7h30 da manhã para não quebrar o feitiço protetor.

Durante anos foi a mesma coisa.

Quando meu filho era pequeno, começou essa rotina. Naquela época não tínhamos carro, e todas as manhãs eu me despedia dele na porta da casa, de onde ele partia andando de mãos dadas com o pai para o jardim de infância. Eu o beijava e o abraçava com força porque secretamente entrava em pânico pensando que aquela era a última vez que o via. Pensamentos aterrorizantes me assombravam toda vez que nos separávamos. Imaginava que um ônibus vinha para cima dele e o atropelava, que algum cabo elétrico caía dos postes da rua bem em cima de sua cabeça, que um cão raivoso saía de uma casa e se atirava em seu pescoço, que algum depravado passava para pegá-lo no jardim de infância, que o homem do saco o sequestrava e nunca mais o devolvia. As possibilidades dramáticas eram infinitas. Minha mente apreensiva de mãe de primeira viagem fantasiava horrores e, naquele exercício demencial, toda vez que ele voltava para casa e para mim era um presente.

Com o tempo, essa loucura terminou. Hoje não fantasio mais sobre calamidades, mas no rito matinal de despedida diária eu sempre cristalizo a imagem do meu filho e do pai dele no momento em que os dois saem. É uma foto instantânea que permanece suspensa na minha cabeça até que volto a vê-los. Um exercício incontrolável que herdei daqueles dias de mãe assustadiça, a destilação de um medo arcaico que eu suponho que todos nós temos e tentamos controlar, o de perder inesperadamente as pessoas que amamos.

Não sei como era a rotina matinal na casa dos Weibel Barahona em 1976. Eu tinha apenas quatro anos, nem me lembro de como eram minhas próprias manhãs naquela época, mas com um pouco de imaginação posso ver aquela casa lá em La Florida e aquela família começando o dia. Não creio que sua rotina fosse muito diferente daquela que executo no dia a dia com minha família, ou daquela que todas as famílias com crianças deste país realizam há anos no dia a dia. Imagino o relógio dos Weibel marcando a hora de acordar, talvez 6h30 também, igual a nós aqui. Imagino José e María Teresa, os pais da família, levantando-se rapidamente da cama e delegando as missões matinais um ao outro. Alguém fará o café da manhã, enquanto o outro acordará as crianças, enquanto o outro as ajudará a se vestir, enquanto o outro as levará ao banheiro, enquanto o outro aquecerá o almoço, enquanto o outro preparará os lanches, enquanto o outro falará os "vamos logo, já é tarde, estamos atrasados". Uma maquinaria perfeita e lubrificada, provavelmente mais lubrificada do que a nossa, porque na casa de Weibel Barahona, em 1976, havia duas crianças, não uma como aqui, então a operação de levantar todas as manhãs deve ter assumido às vezes proporções heroicas.

No dia 29 de março de 1976, às 7h30, horário em que meu filho e seu pai saem de nossa casa todos os dias, José e María Teresa saíram com seus filhos para levá-los à escola. Em um ponto perto de casa, eles esperaram o ônibus com um de seus vizinhos, aquele que, no exercício da imaginação, começa a assumir o rosto do homem que passeia com o cachorro todas as manhãs aqui em meu bairro. Eles provavelmente se cumprimentaram, como sempre deviam fazer naquele horário, como eu mesma cumprimento o homem com o cachorro quando ele passa e me faz um aceno, cravando as bandeiras de nossa normalidade diária, os limites tênues de nossa rotina protetora. Às 7h40, como todos os dias, em seu próprio rito, os Weibel Barahona pegaram um ônibus na avenida Circunvalación Américo Vespucio que os deixaria em seu destino. O ônibus provavelmente estava cheio. Não sei, mas suponho que sim porque a essa hora os ônibus estão cheios, em qualquer parte do país, em qualquer época. María Teresa sentou-se no primeiro assento com um de seus filhos no colo. Talvez José se sentasse ao lado dela com o outro nos braços. Ou talvez não e ele tenha ficado de pé, e simplesmente se encolheu o mais próximo possível de sua família para não se separar, para não romper os fios da distância de resgate que os mantém a salvo.

José e María Teresa não falam na frente das crianças, mas esta manhã aparentemente normal não é totalmente normal. O irmão de José está desaparecido há alguns meses e ele próprio, como homem importante do Partido Comunista, sabe que está sendo vigiado. Ontem um jovem desconhecido bateu na porta de sua casa perguntando sobre uma suposta máquina de lavar que supostamente estava à venda. José e María Teresa sabem o que significa aquela visita estranha e perturbadora, por isso decidiram sair hoje mesmo de sua amada casa na rua Teniente Merino, em La Florida. As crianças não sabem, mas agora serão deixadas na escola e é possível que na volta se dirijam a outro lugar.

Imagino que José e María Teresa viajem em silêncio. Dada a tensão, eles com certeza preferem não falar. Imagino que respondam às perguntas dos filhos, que sigam o fio de seus comentários, mas que no fundo pensem no que o futuro lhes reserva daqui para a frente. Eles certamente observam os rostos das pessoas ao seu redor. Tentam secretamente reconhecer um olhar desconfiado, um gesto ameaçador. Ficam em estado de alerta, mas é difícil controlar tudo lá dentro. São muitos os que viajam a essa hora, muitos que sobem e pagam a passagem. Muitos que se dirigem aos bancos de trás e se sentam e adormecem. Muitos que viajam em pé. Muitos que olham pela janela. É por isso que, embora façam o possível, não o distinguem no meio do grupo. É por isso que, mesmo cruzando os olhares, não o veem.

É ele, o homem que torturava.
O agente de inteligência das Forças Armadas Andrés Antonio Valenzuela Morales, número de identificação 66.650, primeiro soldado, carteira de identidade 39.432 da comuna de La Ligua. Alto, magro, com cabelos pretos, bigodes grossos e escuros.

Ele está lá atrás, sentado em um banco. Leva um controle de rádio escondido para poder se conectar com os veículos que seguem o ônibus sem que ninguém perceba. Perto dele está o Huaso, além dele Álex e, mais à frente, Rodrigo. Todos os agentes entraram em separado, camuflando-se com o povo, e agora estão vigiando os Weibel Barahona sem que eles percebam.

Ou talvez percebam. Talvez José se detenha um instante naqueles olhos escuros do homem que torturava. Talvez ele reconheça neles um olhar perturbador que não consegue processar porque naquele exato momento uma mulher dá um grito que desconcerta a todos. Roubaram minha bolsa, diz ela, e não consegue terminar quando três automóveis interceptam o ônibus de repente.

O que se segue acontece com muita rapidez. Seis homens entram pelas portas de trás e da frente. Álex e o Huaso gritam que o responsável pelo roubo da bolsa é José. Foi esse desgraçado, dizem, e apontam para José, que mal compreende o que se passa, mas começa a pressentir. As crianças Weibel Barahona olham perplexas para o pai. Esteve todo esse tempo com eles, perto, muito perto, sem romper os tênues fios da distância de resgate que sempre envolvem a família, então é impossível que ele tenha roubado a bolsa de alguém. Além disso, trata-se do papai, o homem que os levanta todas as manhãs, aquele que cuida deles, aquele que vai deixá-los na escola, não um ladrão. Mas o que as crianças pensam não importa, porque o homem que torturava e seus companheiros se aproximam de José e, apontando uma arma para ele, dizem que fazem parte da Polícia de Investigações e que vão prendê-lo como ladrão. Também não importa que José não esteja com a bolsa supostamente roubada, ou que María Teresa chore e peça ajuda porque sabe muito bem o que está acontecendo. Não importa que as crianças se assustem, que o motorista do ônibus não entenda nada, que as pessoas olhem com medo. O homem que torturava e seus companheiros empurram José para fora e em menos de um minuto o enfiam em um dos carros para levá-lo embora para sempre.

Eu me pergunto se José terá registrado uma foto instantânea mental de sua família naquele momento. Eu me pergunto se ele conseguiu olhar para seus filhos e sua esposa pela última vez do carro que o levou, para conservar aquela imagem protetora. Minha imaginação desenfreada e sentimental quer acreditar que sim, que o fez e que com isso aplacou os temores naquele território cinzento onde foi condenado a passar seus últimos dias de vida.

Na solidão dos escritórios da revista *Cauce*, a jornalista ouviu esse relato. Foi um dos primeiros que o homem que torturava lhe ofereceu. Imagino perfeitamente esse momento. Ele sentado em uma cadeira do escritório, ainda nervoso, ainda angustiado. Ela ouvindo com um gravador ligado. As palavras do homem que torturava vão ficando registradas na fita que dá voltas e mais voltas no aparelho, enquanto a imaginação da jornalista começa a correr solta, como a minha, para pôr em cena as ações que emergem daquele depoimento. José viajando naquele carro com um grupo de agentes desconhecidos. O ônibus em que sua família está vai ficando para trás, cada vez menor, até desaparecer, cortando os fios da distância de resgate que os mantinha seguros. A jornalista pode muito bem completar a história do torturador porque conhecia José, eram muito amigos, e ela ouviu María Teresa relatar a mesma cena no ônibus de seu próprio ponto de vista. Naquela época, em 1984, oito anos depois, nem María Teresa, nem os filhos, nem a jornalista tinham informações sobre o destino de José.

Mensageiro do lado negro, conhecedor dessa dimensão secreta, o homem que torturava disse que levaram José para um quartel na rua Dieciocho chamado La Firma. O homem que torturava disse que José foi imediatamente levado para uma sala de interrogatório. O homem que torturava disse que o interrogatório de José foi um dos mais duros que se praticou na época. O homem que torturava disse que apesar disso nunca descobriram que José era o segundo homem no Partido Comunista. O homem que torturava disse que depois o levaram para a casa onde ele e todos os agentes solteiros dormiam. Lá José permaneceu por cerca de uma semana junto com outros presos. O homem que torturava disse que uma noite, quando ele estava de folga, tiraram José de casa e o fizeram desaparecer. O homem que torturava não estava lá, mas, como conhece os procedimentos, pode imaginar que José foi levado a Cajón del Maipo, no sopé da Cordilheira Central, e, algemado e com os olhos vendados, recebeu a saraivada de balas que acabou com sua vida. O homem que torturava imagina que depois cortaram suas falanges para dificultar a identificação e amarraram com arame pedras em seus pés para jogá-lo no rio.

A jornalista chorou ao ouvir essa história. Seu pranto foi gravado naquela fita que gira sem parar no gravador.

Como o homem que torturava, eu não estava lá na hora em que José foi morto. Mas, ao contrário dele, é difícil para mim imaginar os detalhes daquelas execuções de que não participei. Não sei quantas pessoas participaram, nem que diálogos trocaram. Não sei como podem ter se desenvolvido em sua especificidade. Não sei nem se quero saber. Faltam-me palavras e imagens para escrever o que se segue deste relato. Qualquer tentativa que eu fizer será pobre ao tentar dar conta daquele íntimo momento final de alguém prestes a desaparecer.

O que José viu? O que escutou? O que pensou? O que fizeram com ele?

Expulsa dos limites desse imaginário desconhecido, impotente diante da expressão de uma linguagem que não sei escrever, só sei que há outras coisas que me são mais fáceis de imaginar. Coisas que estão fora dessa zona escura e que posso guardar como uma luz para me mover melhor nesse mapa. Coisas como aquela fotografia que quero acreditar que José guardou na memória. Nela aparecem María Teresa e seus dois filhos sentados no ônibus que os levará à escola. As crianças estão de uniforme com suas mochilas e lancheiras, nas quais levam o lanche preparado há pouco. Na foto, todos estão sorrindo. Nada de ruim aconteceu ainda, os fios da distância de resgate ainda estão intactos e todos estão a salvo, jogando conversa fora, aproveitando sem saber seu último momento juntos.

Imagino que José observe mentalmente aquela foto e se concentre nela naquela noite em Cajón del Maipo. Tal como imaginou o homem que torturava, José devia estar vendado, com as mãos atadas, e devia estar deitado no chão ou talvez em pé, de frente para os seus carrascos. Nessa última cena, em plena noite andina, imagino a fotografia dos Weibel Barahona e o barulho das rajadas descarregadas nas costas ou no peito de José.

O feitiço protetor é quebrado, seu corpo desce o rio e desaparece para sempre.
Não há distância de resgate possível nesse exercício.
Nem mesmo minha imaginação descontrolada pode contra isso.

Em janeiro de 2010, foi inaugurado o Museu da Memória e dos Direitos Humanos do Chile. O evento contou com a presença dos quatro presidentes da Concertación, coalizão de partidos que esteve à frente do que os analistas políticos chamam de Transição chilena, aquele período em que o discurso oficial era a reconciliação e a justiça na medida do possível. Naqueles anos, baixou-se o tom das vozes que recordavam a violência recente para que se organizasse uma política de consenso que mantivesse as coisas em paz. A democracia se mantinha custodiada pelos militares, com o próprio general Pinochet como comandante-em-chefe do Exército e depois senador no Congresso, por isso não era uma boa ideia usar o passado imediato como arma de debate.

Quando tive de explicar o processo de Transição para meu filho, justamente em nossa primeira visita ao Museu da Memória, expliquei para ele assim, de forma resumida e simples, para que ele pudesse entender com sua cabeça de criança. Quando lhe disse que o responsável por tudo o que acabara de ver no museu era um dos homens que faziam as leis para organizar o país, ele me olhou perplexo e deu risada, como se o que eu dissera tivesse sido uma piada. Aos dez anos, meu filho já se dava conta das piadas de mau gosto da história chilena.

Na cerimônia de inauguração do Museu da Memória e dos Direitos Humanos, vinte anos depois da restauração da democracia, havia muita gente. Autoridades, a direção do museu, familiares das vítimas, jornalistas, visitantes internacionais, público em geral e, como já disse, os quatro presidentes da Concertación, Patricio Aylwin (1990-1994), Eduardo Frei (1994-2000), Ricardo Lagos (2000-2006) e a presidenta em exercício, Michelle Bachelet (2006-2010). A presidenta se adiantou e pegou o microfone para fazer um emocionado discurso inaugural, abrindo as portas ao público e a todo o Chile dessa versão legitimada de nossa memória recente. Falou de um país unido, do ódio que em algum momento o dividiu e da necessidade de preservar a boa convivência. E lá estava ela, falando animadamente para uma plateia também emocionada, quando de repente duas mulheres subiram em uma das torres de iluminação do pátio em que se realizava a cerimônia e gritaram bem alto que os governos da Concertación, com todas as suas personalidades presentes, estavam violando sistematicamente os direitos humanos.

Como se faz a curadoria de um museu sobre a memória? Quem escolhe o que deve conter? Quem decide o que fica de fora?

São duas as mulheres que gritam na cerimônia de abertura: Ana Vergara Toledo, irmã de Rafael e Eduardo Vergara Toledo, jovens assassinados durante a ditadura, e Catalina Catrileo, irmã de um falecido ativista mapuche chamado Matías Catrileo. Diante da surpresa de todos os presentes, Ana pede justiça por seus mortos e pelos presos políticos, enquanto Catalina confronta a presidenta, dizendo-lhe que seu irmão foi assassinado por um carabineiro há alguns anos, em seu próprio governo.

O que se segue é um momento muito incômodo. Os convidados observam perplexos como a presidenta tenta dialogar com as mulheres, que continuam a encará-la das torres de iluminação, desrespeitando o protocolo da cerimônia, os acordos, os consensos e todo aquele amável discurso proferido durante anos. Os gritos de Ana e Catalina agitam o público. A memória dos abusos do passado se mistura com as atuais e por um breve momento não se resigna à passividade do que está arquivado no museu. Os gritos das mulheres lançam luz à memória, põem-na em diálogo com o presente, tiram-na da cripta, dão a ela um sopro de vida e ressuscitam aquela criatura feita de retalhos, com partes de uns e de outros, com fragmentos de ontem e hoje. O monstro desperta e se revela uivando descontrolado, pegando a todos de surpresa, abalando os que se achavam à vontade, problematizando, conflitando, incomodando, e é nesse estado perigoso e bestial que deve permanecer. Foi isso que pensei no momento em que vi toda essa cena em uma nota na internet, e é isso que penso agora quando visito mais uma vez o museu.

Vim aqui muitas vezes. A primeira com meu filho e minha mãe, quando tinha acabado de ser inaugurado. Meu filho corria pelas esplanadas do pátio central enquanto minha mãe olhava tudo, surpresa com a claridade do lugar, com as grandes janelas, com a semelhança do espaço com um museu de arte contemporânea e não com um cemitério ou algo sombrio e terrível, como havíamos imaginado. Uma vez lá dentro, fizemos um tour minucioso, lendo todos os textos, pondo os fones de ouvido para ouvir os testemunhos, apertando os botões dos consoles, passando os vídeos, prestando atenção em cada tela que aparecia à nossa frente. Visitamos todos os andares. Entramos na Zona Onze de Setembro, na Zona Luta pela Liberdade, na Zona Ausência e Memória, na Zona Exigência de Verdade e Justiça, na Zona Volta à Esperança, na Zona do Nunca Mais, na Zona da Dor Infantil. Vimos a grelha, cama em que eram aplicados choques elétricos nos presos, e a porta da antiga cadeia pública. Vimos a torre de vigilância do centro de detenção e tortura da rua República, e a cruz no Pátio 29 do cemitério onde foram encontrados muitos corpos não identificados, e também as fotografias de vários crimes. Tudo assim, em uma ordem um tanto desestruturada, sem levar muito em conta o antes e o depois, porque quando se trata do horror parece que a lógica da maquinaria não importa muito. Os tempos e progressões e causas e efeitos e porquês são sutilezas que é melhor poupar. Todos os crimes aparecem como um só. Algumas linhas para as explosões, outra para os degolamentos, outra para os incinerados, outra para os baleados, outra para os fuzilados. E as causas e efeitos, já disse, não circulam em nenhuma história. É um grande massacre, uma luta entre os bandidos e os mocinhos, onde é muito fácil identificar cada um porque os bandidos têm farda e os mocinhos são civis. E não há meio-termo. Não há cúmplices, não há outros envolvidos, e a cidadania parece isenta de responsabilidades, inocente, cega, vítima absoluta. E em cada estação chorávamos, claro. E então, na próxima, ficávamos com raiva, claro. E então na seguinte voltávamos a chorar, para depois nos mexermos e darmos espaço a quem vinha atrás de nós, cumprindo o mesmo rito de choro e raiva, e choro e raiva, em uma espécie de montanha-russa emocional que culminou na Zona Fim da Ditadura, onde um grande totem com a figura do ex-presidente Patricio Aylwin, fazendo seu discurso de posse, inflama o ânimo dos visitantes e os deixa exultantes de alegria e esperança, mais tranquilos, mais apaziguados, porque daqui para a frente estamos a salvo, os mocinhos triunfaram, a história é benévola, vamos esquecer que foi ele mesmo que recorreu aos militares para pedir o golpe em 1973, essa informação não faz parte das recordações dessa memória. E assim, ouvimos os alegres slogans da volta à democracia que indicam que o fim do percurso chegou, e todos estão livres para ir tomar uma refrescante coca-cola na lanchonete, como fizemos, e depois na loja de souvenirs para comprar, como também fizemos — por que não? —, um par de bottons com o rosto de Allende e um cartão-postal com La Moneda em chamas.

Na segunda e terceira vez, vim em busca de material para alguns trabalhos. Estive na área de documentação, uma espécie de arquivo com vídeos, gravações, áudios, livros, artigos, revistas e outros materiais, onde pessoas muito simpáticas te atendem e te orientam de acordo com o conteúdo que você procura.

Agora, na quarta vez que visito o museu, venho com a ideia de encontrar algo sobre o homem que tento imaginar. Sei que não toparei com ele nos corredores desse pequeno território do passado. Sua figura não faz parte do bem ou do mal, do branco ou do preto. O homem que imagino habita um lugar mais confuso, mais incômodo e difícil de classificar, e talvez por isso não encontre espaço entre essas paredes. No entanto, fantasio com a ideia de que o depoimento que ele deu esteja aqui, como material valioso para os mocinhos, exposto em uma das vitrines dos mocinhos, com sua foto na capa da revista *Cauce* e aquela declaração pavorosa que naquele momento ninguém havia dado: EU TORTUREI.

Perambulo pelas várias zonas de liberdade, esperança, luta, justiça, verdade, reconciliação, solidariedade e outras palavras gentis até me deparar com um conjunto de revistas instaladas sob um vidro, expostas com uma grande legenda que diz: "Governo restringe revistas de oposição. Proíbem publicar fotografias". A legenda faz parte de um comunicado de imprensa divulgado doze dias depois que o homem que torturava prestou depoimento à jornalista da revista *Cauce*. A nota fala de uma disposição que ordenava que as referidas revistas restringissem seu conteúdo a textos exclusivamente escritos. Assim, as que estão expostas no museu têm suas capas com caixas em branco, imagens fantasmas que despertam ainda mais a imaginação e a desconfiança.

O que não aparece relatado no museu é que poucos dias antes da programação dessa medida delirante já havia sido acertada a suspensão de cinco números da revista *Cauce*. Isso foi contestado por meio de um recurso de reclamação que, depois de vários cabos de guerra, o Tribunal decidiu acatar. Então o governo tentou outra estratégia complicada de censura, e é isso que vejo agora exposto nas paredes do museu: revistas sem fotos. Diante dessa nova tentativa de cerceamento da liberdade de informação, foi interposto um recurso de tutela. Como a revista *Cauce* havia tido algumas vitórias judiciais, tudo indicava que a resolução seria favorável, porém, em novembro de 1984, quase dois meses após o homem que torturava ter dado seu depoimento, foi publicada no *Diário Oficial* a instauração do estado de sítio, diante do qual se proibiu a circulação da revista *Cauce*. O governo recorreu à única arma não oponível de que dispunha, a suspensão temporária dos direitos civis.

Todo esse longo e emaranhado caminho de perseguições, proibições, censuras etc. está diretamente relacionado ao depoimento do homem que torturava à jornalista. Porém, isso não está escrito aqui no museu, é como uma daquelas fotos em branco nas capas dessas revistas, uma história invisível e fora do roteiro, que talvez só ocorra em minha cabeça que busca dar protagonismo a esse homem que tento imaginar.

Imagino a jornalista ouvindo esse homem que lhe contou em detalhes o sequestro, a tortura e a morte de muitos amigos queridos. Imagino os sentimentos confusos que devem tê-la sacudido enquanto ouvia seu longo testemunho. A vontade de sufocá-lo, arranhá-lo, bater nele, gritar com ele, mas ao mesmo tempo a convicção de que nada disso era possível. Não imagino, eu sei, que ele estava disposto a contar tudo e depois voltar ao quartel para deixar seus superiores fazerem o que quisessem. Não imagino, eu sei, que o que quer que fosse implicava morte. Não imagino, eu sei, que ele não se importava. O que quer que viesse seria melhor do que aquela sensação de sufocamento. Que ele se levantava e se deitava com cheiro de morte, assim ele disse. A jornalista o convenceu de que seus planos suicidas não faziam sentido. Falou-lhe sobre seus filhos, para pensar neles, para se dar uma chance. Ofereceu proteção. Entraria em contato com pessoas que poderiam ajudá-lo. Não imagino, eu sei, que ele pensou sobre isso, que fumou muitos cigarros pensando, provavelmente nos filhos, como sugeriu a jornalista, ou na mulher, ou em um possível futuro. Não imagino, eu sei, que ele aceitou a oferta de proteção e que a partir daquele momento se entregou às mãos de quem pudesse ajudá-lo. Não imagino, eu sei, que não voltou ao quartel, que seus superiores notaram sua ausência e que com o tempo entenderam o que havia acontecido.

A partir desse momento já não sei. É tudo um exercício de imaginação.

Agentes e militares procurando o desaparecido Andrés Valenzuela Morales em todos os cantos do país. Desesperados, nervosos, chateados, irados. Desertor de merda, imbecil filho da puta, devem ter gritado, enquanto esperavam encontrá-lo para eliminá-lo, para levá-lo a Cajón del Maipo, cortar-lhe as falanges e atirá-lo ao rio. E assim, enquanto tentavam caçá-lo, também tentavam impedir a publicação de um testemunho que revelaria muitos segredos. E as edições foram proibidas e as fotografias censuradas e foi decretado o estado de sítio para evitar qualquer circulação da imprensa da oposição, assustada com aquela história que abriria uma porta para a zona escura, para aquele portal definitivo do mal e da vertigem.

Há um setor do museu que é meu favorito. Na verdade, é o favorito de todos porque foi projetado para seduzir os visitantes, até mesmo as estraga-prazeres como eu. Os guias o descrevem como o coração da mostra. De um mirante rodeado de velas, que na verdade não são velas mas sim lâmpadas que as representam, pode-se ver, dispostas no alto de uma das paredes, mais de mil fotografias de muitas das vítimas. São fotos doadas por suas famílias, por isso elas são vistas em situações domésticas, em festas, na praia, sorrindo para a câmera como todos nós fazemos quando queremos registrar nossos melhores momentos. Há mulheres lindíssimas que parecem estrelas de cinema. Com certeza devem ter se arrumado, sedutoras, para o retrato, com a ideia de presenteá-lo para um namorado, um amante. Há um jovem vestido de terno, com uma gravata-borboleta, pronto para ir a um grande evento, ou talvez no meio dele. Ele parece feliz, exultante. Há um homem na praia de mãos dadas com seu filho. Há outro abraçado a um grupo de pessoas as quais não se pode ver por completo, como em um passeio ou em um churrasco no campo. Há uma mulher que ri de boca aberta, retratada em meio a uma grande gargalhada. Há outra séria, com medo na frente da câmera. São todos instantâneos como os que guardo de meu filho, do pai dele, de minha mãe, de meus amigos, das pessoas que amo. Imagens protetoras, luminosas, que estabelecem laços apesar dos anos e da morte. Vistos em conjunto, todos parecem uma grande família. Em parte, eles são. Tios, primos, irmãos, sobrinhos, avós, pessoas ligadas por circunstâncias extremas. Se você caminhar até a tela sensível ao toque no meio do mirante, poderá clicar e procurar seus nomes e encontrar informações sobre como eles foram presos e assassinados.

Clico e procuro por José Weibel.

Sua foto aparece na tela. Está de óculos, com um sorriso suave, olhando para o lado, provavelmente para alguém que está conversando com ele, alguém com quem está tendo uma conversa tranquila e confiável. Tento imaginar a cena nessa fotografia, mas então paro. Acho que já me imiscuí demais. Não é necessário imaginar mais. O texto que aparece na tela sobre sua prisão e assassinato contém muito do relato do homem que torturava. Essa informação circula por aqui, mesmo que não tenha sua assinatura.

Clico e procuro Carlos Contreras Maluje.

Carlos me olha da tela. Também está com um par de óculos grossos. A foto é pequena, só se vê seu rosto, como se fosse uma foto de passaporte. Mesmo assim, intui-se um corpo grande, com ombros largos, conforme descrito pelo homem que torturava em seu depoimento. Leio em sua resenha que era químico farmacêutico e que havia sido vereador em Concepción. Leio em sua resenha que ele foi preso duas vezes. A segunda, na rua Nataniel, a poucos quarteirões da casa em que morei quando criança. Assim como no caso de José, o texto que aparece na tela sobre sua prisão e morte contém muito do relato do homem que torturava. Tal como acontece com José, também não traz assinatura.

Clico e procuro o admirado Quila Leo.
Clico e procuro *don* Alonso Gahona.
Clico e procuro René Basoa.
Clico e procuro Carol Flores.

Muitos dos nomes que li no depoimento do homem que torturava começam a aparecer nessa tela que lhes dá um rosto, uma expressão, um pouco de vida. Mesmo que seja uma vida virtual. Extensão das fotografias penduradas nessa parede transparente e azul-celeste que parece um pedaço do céu. Ou melhor, um pedaço do espaço sideral em que naufragam perdidos, como astronautas sem conexão, todos esses rostos que foram tragados por uma dimensão desconhecida.

Vamos abrir essa porta com a chave da imaginação. Atrás dela encontraremos uma dimensão distinta. Vocês estão entrando em um mundo secreto de sonhos e ideias. Estão entrando na dimensão desconhecida.

Nos anos 70, sentada em frente a uma televisão em preto e branco na sala de jantar da minha antiga casa, assisti a vários episódios de *Twilight Zone*.[1] Estaria mentindo se dissesse que me lembro em detalhes da série, mas tenho registrada aquela inquietação que me seduzia e a voz do narrador que me convidava a participar daquele mundo secreto, um universo que se desenrolava além das aparências, por trás dos limites do que estávamos acostumados a ver. Eram capítulos curtos, com histórias fantasiosas e delirantes. Um homem que tinha um relógio capaz de parar o tempo. Outro que via gnomos que o perseguiam e tentavam sabotar o avião em que viajava. Outro que se reencontrava com seu pequeno filho de dez anos enquanto, em um tempo paralelo e muito mais real, o menino era um soldado que morria na guerra. Outro que conversava com a boneca assassina de sua enteada. Outro que cruzava para o outro lado do espelho. Em todos os capítulos uma porta se abria, uma pequena fissura que deixava entrever aquela realidade análoga que eu gostava de visitar através da tela.

À noite, minha mãe chegava do trabalho e comíamos juntas. Segundo ela, muitas vezes eu lhe contava algum capítulo que me impressionara. Nesse exercício, ela não sabia dizer quais histórias faziam parte da série e quais eram invenção minha. Depois de comer íamos para a cama, para irmos à escola bem cedo no dia seguinte. Não me lembro muito de nossa rotina matinal, nem daqueles primeiros anos de escola, mas sei que ao meio-dia minha mãe me pegava no fim das aulas e me levava para almoçarmos juntas em casa. Nós conversávamos ao ritmo do prato da vez, e depois da sobremesa e um chá quente com folhas frescas da erva-cidreira colhida no quintal, ela vol-

---

[1] Seriado norte-americano que, no Chile, foi chamado *La dimensión desconocida*. No Brasil, seu nome era *Além da imaginação*. [N. T.]

tava para o trabalho e eu ficava em meio àquelas longas tardes dos anos 70 em que *A dimensão desconhecida* era como um ritual do pôr do sol.

Um viajante espacial teve de fazer um pouso de emergência em um planeta desconhecido localizado a milhões de quilômetros de seu ponto de partida. Sua nave agora não funciona. Seu braço direito está quebrado e a testa, ferida e sangrando. O coronel Cook, um viajante no oceano do espaço, com sua nave destruída e em chamas, nunca mais voará. Ele sobreviveu ao impacto, mas sua odisseia está apenas começando, assim como sua batalha contra a solidão. Dolorido e assustado, ele envia mensagens para casa a fim de que alguém venha resgatá-lo, mas isso parece impossível. Seu pessoal não pode ir atrás dele e por isso ele ficará sozinho no confinamento daquele lugar que é um pequeno planeta no espaço, mas que para o coronel Cook é a dimensão desconhecida.

E assim um novo capítulo fechando a tarde.

Uma vez, enquanto almoçávamos, minha mãe disse à minha avó e a mim que acabara de ver algo muito estranho. Ao meio-dia, em plena rua Nataniel, a poucos quarteirões de nossa casa, um homem havia se jogado nas rodas de um ônibus. Não foi um acidente, o homem caminhava pela calçada quando de repente deu um pulo de propósito, plenamente consciente do que estava fazendo. O ônibus parou de chofre. As pessoas que viram a cena na rua ficaram paradas, sem entender o que estava acontecendo, sem falar, sem se mover, como se o homem que parava o tempo em *Twilight Zone* tivesse programado alguns minutos de paralisia com seu relógio mágico. Um jipe dos carabineiros parou. De seu interior saiu um policial que tentou tomar conta da situação, assim disse minha mãe. Ela e um grupo de pessoas se aproximaram do local para ver o estado do homem ferido. Era um sujeito grande, na casa dos trinta, com a cabeça sangrando muito. O homem estava meio inconsciente, mal abria os olhos e olhava em volta desorientado, enquanto o motorista do ônibus tentava explicar ao carabineiro o ocorrido.

Não me lembro bem da história de minha mãe. Ela mesma, ao tentar reconstituir a cena, tem apenas imagens nebulosas. Conta que entre a gritaria das pessoas e do motorista e do carabineiro, um grupo de pessoas apareceu de repente, vindo procurar o ferido que ainda estava no chão. O homem, assim que viu essas pessoas, começou a gritar como se tivesse visto o diabo ou um grupo de gnomos que o assediavam. Disse que eram agentes de inteligência, que queriam levá-lo embora para continuar torturando-o, que o deixassem morrer em paz, que por favor avisassem a farmácia Maluje de Concepción. Minha mãe diz que então todo mundo ficou paralisado de novo. O relógio mágico fez seu trabalho e o terror de que mais alguém acabasse nas mãos dos gnomos impediu qualquer possibilidade de reação. Apareceu um carro e entre gritos e súplicas e pontapés e empurrões puseram dentro dele o homem, que partiu para desaparecer definitivamente dos limites da realidade.

Minha mãe não sabe, mas naquela manhã ela esteve ao lado do homem que torturava.

Parte desse relato confuso que ela fez e continua fazendo a meu pedido é um trecho do que ele declarou à jornalista em seu depoimento.

O homem que torturava disse que Carlos Contreras Maluje havia caído na véspera graças a uma denúncia de um de seus companheiros. O homem que torturava disse que o prenderam no quartel da rua Dieciocho, chamado La Firma, e que o interrogaram e torturaram até muito tarde da noite. O homem que torturava disse que Carlos Contreras Maluje declarou que no dia seguinte tinha um ponto de contato na rua Nataniel. Que se o soltassem e ele fosse à reunião, poderiam prender outro comunista. O homem que torturava disse que assim fizessem. Que no dia seguinte o soltaram na rua Nataniel e que Carlos Contreras Maluje caminhou em direção à avenida Matta sob a vigilância de diferentes agentes destacados na área. O homem que torturava disse que estava a sete quarteirões do local e que de repente, no rádio, ouviu outro agente dizer a eles: O sujeito se jogou na frente de um ônibus.

Os transeuntes, as pessoas na rua, minha mãe, o motorista do ônibus, todos os que habitavam o mundo aparente da vida cotidiana e normal foram testemunhas por um momento daquela rachadura pela qual se assomava a dimensão desconhecida. O homem que torturava disse que quando chegou ao local já havia muitas pessoas agrupadas e que não foi fácil levar Contreras Maluje porque ele gritava, porque apesar de ferido era corpulento e tinha muita força. Depois disso, ele foi levado de volta ao quartel da rua Dieciocho, onde o prenderam, acusaram-no de mentiroso e espancaram-no o dia todo. O homem que torturava disse que à noite o levaram a caminho de Melipilla, onde foi fuzilado e enterrado em uma cova.

Minha mãe não sabia de nada disso quando nos contava o que tinha visto algumas horas antes naquela manhã. Eu mesma demorei muitos anos para fazer a ligação entre sua história e o que li no depoimento do homem que torturava. Provavelmente naquele dia, enquanto almoçávamos e comíamos a caçarola ou o ensopado que minha avó havia preparado, Carlos Contreras Maluje suportava socos e chutes naquele calabouço da rua Dieciocho, a poucos quarteirões de minha antiga casa. Provavelmente enquanto nos servíamos gelatina e a encharcávamos com leite condensado, como gostávamos tanto de fazer à sobremesa, Carlos Contreras Maluje enviava mensagens mentais à sua família pedindo que alguém viesse resgatá-lo daquele pequeno e solitário planeta onde caíra. Aquele lugar onde ele estava com dor e com medo, sem uma nave que pudesse trazê-lo de volta para sua casa lá na farmácia Maluje em Concepción.

Alô? Controle na Terra? Tem alguém aí? Alguém me ouve?

Gritos desesperados, pedidos de ajuda aos quais ninguém pôde acudir. Com certeza, enquanto minha mãe tomava seu chá com folhas de erva-cidreira e eu terminava de ouvir sua perturbadora experiência, Carlos Contreras Maluje sangrava até a morte no chão daquele quartel, acossado pelos gnomos, naquele tempo detido por um relógio fatal que marcava os limites da dimensão desconhecida. Essa realidade tão diferente, em que, como dizia aquela velha voz em off, só se pode ingressar com a chave da imaginação.

Clico e procuro o nome de Andrés Valenzuela Morales.

Sei que não vou encontrá-lo. Esta é a Zona Ausência e Memória, não a Zona dos Torturadores que Voltam Atrás, não a Zona dos Desertores, não a Zona dos Arrependidos, não a Zona dos Traidores Filhos da Puta. O homem que imagino não morreu nem está listado como vítima. Um buraco negro o consumiu como todos os outros, e se eu quiser encontrá-lo, a única possibilidade é aqui, diante dessa tela que é como uma torre de controle, um rádio com sinal para aquele planeta perturbador, a única zona que não tem cabimento neste museu.

Caro Andrés, aqui é a torre de controle. O senhor está aí? Pode me ouvir?
Caro Andrés Antonio Valenzuela Morales, primeiro soldado, carteira de identidade 39.432 da comuna de La Ligua, aqui fala a torre de controle. O senhor está aí? Pode me ouvir?

Quero acreditar que sim, que minha voz chega a esse lugar. Que, de algum alto-falante que ainda funciona em sua nave desarticulada e acidentada, ele possa me ouvir e talvez até se alegrar com minhas palavras. Quero acreditar que seu microfone entrou em curto-circuito e é por isso que não consigo ouvir o que o senhor tem a dizer. Quero acreditar que cada vez que pergunto se o senhor está me ouvindo, me responde que sim, que a história e a memória o abandonaram naquele lugar sem classificação clara, mas que o senhor continua vivo, de pé, esperando que alguém venha resgatá-lo.

Acredito que a maldade é diretamente proporcional à tolice. Acho que aquele território onde o senhor se movia angustiado antes de desaparecer era governado por pessoas tolas. Não é verdade que os criminosos são brilhantes. É preciso uma dose muito grande de estupidez para dirigir as peças de um maquinário tão grotesco, absurdo e cruel. Pura bestialidade disfarçada de plano mestre. Gente pequena, com cabeças pequenas, que não compreendem o abismo do outro. Não têm linguagem ou ferramentas para isso. A empatia e a compaixão são traços da lucidez, a possibilidade de se pôr no lugar do outro, de transmutar a pele e se mascarar com o rosto do outro, é um exercício de pura inteligência.

Caro Andrés, acho que o senhor foi, no fim, um homem inteligente.

Toda vez que vomitou depois de assistir a uma execução. Toda vez que se trancou no banheiro depois de uma sessão de tortura. Toda vez que secretamente deu um cigarro ou guardou uma maçã de seu almoço para um prisioneiro. Toda vez que transmitiu uma mensagem para seus parentes. Toda vez que chorou. Toda vez que quis falar e não pôde. Toda vez que falou. Toda vez que repetiu seu depoimento a jornalistas, advogados e juízes. Toda vez que se escondeu. Toda vez que fugiu com medo de ser encontrado. Toda vez e todo dia, o senhor exerce e exerceu sua lúcida inteligência contra a estupidez na qual foi desembocar.

O senhor imaginou ser outro. O senhor optou por um outro. O senhor escolheu.

Ser estúpido é uma escolha pessoal, e necessariamente não é preciso usar um uniforme para exercer esse talento maligno. Se eu lhe contasse, caro Andrés, nestes tempos que ainda não estão arquivados em um museu, a quantidade de mocinhos que não são e nunca foram mocinhos. A quantidade de heróis que não são e nunca foram heróis. A quantidade de salvadores que não são e nunca serão salvadores. Eu me pergunto como contaremos a história de nossos dias. Quem deixaremos de fora das Zonas Amigáveis do relato. A quem passaremos o comando e a curadoria.

O coronel Cook, viajante do espaço, náufrago perdido naquele planeta incerto, recebeu por rádio uma última mensagem vinda de sua casa. Nela, seus superiores lhe informaram que não poderiam ir em seu socorro porque uma grande guerra havia estourado. Mocinhos e bandidos se despedaçavam. Tudo o que ele conhecia como seu mundo estava começando a desaparecer. A verdadeira memória do passado só estaria contida na cabeça do coronel Cook. A partir desse momento, ele teria a missão de recordar e testemunhar aquele passado que não existia mais. Abandonado no confinamento daquele lugar, que é um pequeno planeta no espaço, mas que para o coronel Cook é a dimensão desconhecida, ele envia mensagens ao vazio sobre um mundo que desapareceu.

Havia o Negro, o Yoyopulos, o Pelao Lito, o Chirola.
Eu era o único que vinha de lá, por isso me puseram esse apelido.
E assim ficou. Papudo.
Não sei se eu gostava de ser chamado assim.
Eu não me perguntava essas coisas.
Era inexperiente, estava apenas começando, não causava problemas.
Agora ninguém me chama assim.

O Chile me aparece um pouco borrado, eu me esqueço dele.
Mas Papudo não.
Às vezes, eu me lembro dele. Não daquele que eu era, mas do lugar.
Do mar. Do cheiro da praia e daquela areia preta que grudava nos dedos dos pés.
Também do gosto dos mariscos.

ZONA DE CONTATO

Eu o imagino outra vez caminhando por uma rua do centro. Ele é o homem alto e magro de cabelos pretos, com seus grossos bigodes escuros. Acho que está com a mesma roupa que vi naquela foto antiga da revista *Cauce*, uma camisa xadrez e uma jaqueta jeans. Dessa vez, não o imagino fumando. Está com as mãos nos bolsos, talvez aguentando o frio dessa tarde de agosto de 1984. Já esteve com a jornalista. Já saiu do escritório e tem um novo objetivo. A seu lado está outro homem que parece dirigir a caminhada. Avançam para uma praça, especificamente a praça Santa Ana, entre as ruas Catedral e San Martín. O lugar está cheio de gente. Transeuntes que se deslocam como eles de um ponto a outro da cidade. Imagino-o observando cada rosto que cruza diante de seus olhos. Ele olha ansioso, tentando adivinhar qual de todos é seu próximo contato. O cara que parece estar esperando o ônibus, o cara que lê o jornal em um banco, o cara que fala ao telefone de uma cabine, o cara que come *sopaipillas* com pimenta no carrinho do centro da praça. Ou os outros, qualquer um dos outros.

    Ao chegar a uma esquina, seu acompanhante para. Dissimuladamente, lhe diz para continuar andando, que a alguns metros, em um ponto da praça, estão esperando por ele. Imagino que o homem siga a instrução. Imagino que de longe ele reconheça, com um gesto discreto, seu novo contato. É um homem moreno, de cabelos curtos e bigode, que o observa por trás de um par de óculos escuros. Parece um detetive, mas não é. Imagino que o homem que torturava caminhe em sua direção em passo normal, sem levantar suspeitas no resto das pessoas. Assim que chega perto dele, sem cumprimentá-lo, sem dizer nada, o contato dá meia-volta e lhe diz com um sinal para segui-lo até um carro. É um Renault 4 que está estacionado, com um motorista em seu interior. Imagino que eles se movem com calma e se comportam com total normalidade, como se se conhecessem desde sempre, treinados no ato da simulação. Imagino que uma vez lá dentro eles se olham nos olhos pela primeira vez, reconhecendo-se.

Sou advogado do Vicariato. Eu sei quem você é e sei o que você disse ao pessoal da revista, diz o novo contato. Ou imagino que ele diga enquanto o homem que torturava o escuta entregue à situação. Também sei que temos pouco tempo para trabalhar, por isso vamos imediatamente para os lugares que você mencionou em seu depoimento.

Imagino que o homem não questione, imagino que esteja de acordo porque foi precisamente isso que ele escolheu fazer: falar, mostrar, testemunhar. À jornalista. A esse advogado, a quem quiser ouvi-lo enquanto há tempo. No entanto, a pergunta sai de sua boca como um ato de rebeldia mínima. Ou talvez de cansaço. Puro cansaço.

Agora?

Agora, o advogado responde enquanto o motorista liga o motor do Renault 4.

Recentemente, foi lançado o documentário em que trabalhei sobre o Vicariato da Solidariedade. Eu não estava lá, estava em uma viagem fora do Chile. Lamentei não ter conhecido pessoalmente todos aqueles personagens que habitaram a tela de meu computador e minha própria vida por um tempo. Seus rostos e suas vozes acabaram sendo muito familiares para mim. Passei muitas horas ouvindo-os e tentando encontrar as chaves de suas histórias. Poderia reconhecê-los na rua se os visse, enquanto eles nem têm ideia de quem eu sou ou do quanto os espiei.

Agora que voltei, vou ver o filme no cinema. Conheço a edição final, mas quero ter a experiência de vê-lo na tela grande, com som dolby estéreo, sentada em uma cadeira confortável e talvez — por que não? — comendo pipoca. Convidei minha mãe hoje ao meio-dia. Era o único horário que eu tinha disponível e que coincidia com as sessões, então fui buscá-la e juntas fomos ao cinema Hoyts La Reina, como um par de outros espectadores, escondendo nossa relação secreta com o filme que íamos ver.

Os filmes que estão em cartaz são diversificados. *Vingadores 2: Era de Ultron* passa em quase todas as salas em várias versões e horários. Versão 2D dublada, versão 2D legendada, versão 3D dublada, versão 3D não dublada, versão 4DX dublada e legendada, e assim por diante, diversas opções de *Vingadores 2* para não deixar ninguém insatisfeito com sua necessidade particular e específica de ver esse grupo de super-heróis. A história do filme é sobre um supervilão, Ultron, que junto com seu exército de supervilões tenta destruir a humanidade. Os Vingadores se lançam contra ele, que fazem seus melhores esforços para salvar o mundo. Homem de Ferro, Hulk, Capitão América, Viúva Negra, Thor, Gavião Arqueiro, Feiticeira Escarlate e outros personagens conhecidos da Marvel dos quais não me lembro são os protagonistas da aventura. A supervelocidade de um é complementada pela supervisão de outro, com a superforça, com a superinteligência, com o super-humor e o supersex-appeal. Eles trabalham juntos, são lindos, engraçados, inteligentes e, embora as coisas não sejam fáceis, eles defendem o planeta. Meu filho e eu assistimos ao filme algumas semanas atrás em uma sessão lotada de crianças e adolescentes gritando, bem como adultos como eu, que seguiam alegremente a trama ao assistir Robert Downey Jr. ou Mark Ruffalo lutando por justiça. E é sempre estimulante ver pessoas atraentes lutando por justiça.

Outros títulos que estão em cartaz são *As aventuras dos sete anões, Velozes e furiosos, Segurança de shopping 2, Cinderela, O exótico hotel Marigold 2, Trocando os pés.* Quase caindo da tela luminosa que anuncia os nomes dos filmes na bilheteria, conseguimos encontrar as únicas três exibições diárias do documentário. Pagamos nossos ingressos, compramos dois cafés expressos e entramos na sala na sessão das 13h, enquanto o resto do mundo almoça ou se prepara para isso.

Um exército de poltronas vermelhas configura a paisagem inquietante e solitária no interior da sala. Um cheiro particular inunda o espaço. Cheiro de pinheiros na floresta ou algum outro aroma etiquetado em um purificador de ar. Já ficam para trás os letreiros luminosos da entrada com as ofertas de bebidas e pipoca, com os jogos eletrônicos, os menus de pizza, os caixas eletrônicos e a música do trailer da futura estreia cinematográfica. Como se cruzasse o limiar para o lado escuro da lua, a menor sala do cinema nos espera completamente vazia e em silêncio absoluto. Um tempo diferente do de fora vai pautando nossos passos ao entrar. É um tempo denso e lento, longe da chuva de estímulos que acabamos de evitar do outro lado da porta. Avançamos na penumbra, tentando localizar nossos assentos. A tela ainda não se acendeu, então tudo que ouvimos são nossas vozes tentando não quebrar a atmosfera reservada. Nos instalamos no meio da sala para esperar o início da sessão, com a estranha sensação de estarmos sendo observadas. Provavelmente pelo operador da cabine de projeção. Ou talvez por alguém do outro lado daquela enorme tela em branco.

Lembro-me de um episódio de *A dimensão desconhecida*. Nele, uma atriz mais velha se tranca sozinha na ampla sala de sua casa para assistir repetidas vezes aos filmes em que atuou quando jovem. Em uma tentativa desesperada de reter o tempo, nada nem ninguém consegue tirá-la daquele claustro onde passa os dias bebendo uísque e observando seu próprio passado projetado na tela. Fora de sua mansão está a efervescente cidade de Los Angeles, seus velhos amigos, sua assistente, seu fiel agente que tenta encontrar novas oportunidades de trabalho para ela. Imagem de uma mulher assistindo a um filme. Grande mulher do cinema de outros anos. Uma vez uma estrela brilhante de um firmamento que não existe mais no céu, dizia a voz do locutor quando o capítulo começava. Eclipsada pelo movimento da Terra e do tempo, Bárbara Jean Trenton, cujo mundo é uma sala de projeção onde seus sonhos são feitos de celuloide, foi fulminada pelos anos que atropelam e fogem, que a deixaram caída na calçada miserável, tentando conseguir o número da patente da fama passageira.

Além da intensa apresentação com que o locutor anunciou a história, a lembrança de Bárbara bebendo uísque diante da constante projeção de seu passado se cola à minha memória em meio a esse lugar vazio. Exceto pela presença de minha mãe ao meu lado, nessa sala pequena, mas ao mesmo tempo enorme, estou tão sozinha quanto Bárbara. E assim como ela, passei a ver, mais uma vez, aquelas mesmas velhas imagens que me assombraram por anos.

Depois de alguns comerciais, o documentário começa. O som de uma máquina de escrever abre os alto-falantes da sala. Uma grande folha em branco aparece na tela e, sobre ela, um grupo de teclas digita o nome do filme. O que vem a seguir é o La Moneda bombardeado novamente, outra vez as facções militares, outra vez o Estádio Nacional e os presos.

Ao contrário de Bárbara Jean Trenton, não sou protagonista do que vejo. Eu não estava lá, não tenho diálogos ou participação na trama. As cenas projetadas nessa sala são alheias, mas sempre estiveram próximas, pisando meus calcanhares. Talvez por isso as considere parte de minha história. Nasci com essas cenas instaladas em meu corpo, incorporadas a um álbum de família que não escolhi nem organizei. Minha escassa memória daqueles anos é moldada por essas cenas. Na rápida sucessão de acontecimentos em que vivo, no turbilhão de imagens que consumo e descarto diariamente, estas permaneceram intactas em face ao tempo e ao esquecimento. Como se fossem controladas por uma força de gravidade diferente, elas não flutuam nem saem disparadas no espaço, caindo sem rumo. Estão sempre lá, resistindo. Voltam a mim ou eu volto a elas, em um tempo circular e denso como o que respiro nessa sala de cinema vazia.

Dediquei grande parte de minha vida a esquadrinhar essas imagens. Eu as cheirei, cacei e coletei. Perguntei por elas, pedi explicações. Registrei seus cantos, os ângulos mais sombrios de suas cenas. Ampliei-as e organizei-as tentando dar-lhes espaço e significado. Transformei-as em citações, em provérbios, em máximas, em piadas. Já escrevi livros com elas, crônicas, peças de teatro, roteiros de séries, documentários e até telenovelas. Já as vi projetadas em inúmeras telas, impressas em livros, em jornais, em revistas. Eu as investiguei até o tédio, inventando, ou melhor, imaginando o que não consigo entender. Eu as fotocopiei, roubei, consumi, expus e superexpus, abusando delas em todas as suas possibilidades. Vasculhei cada canto desse álbum em que habitam procurando as chaves que podem me ajudar a decifrar sua mensagem. Porque tenho certeza de que, como uma caixa-preta, elas contêm uma mensagem.

No documentário, um dos entrevistados fala sobre a descoberta de uma cova clandestina em 1978. Um camponês procurou o Vicariato para entregar informações valiosas. Em uma mina de cal abandonada perto de Santiago, na Ilha de Maipo, ele afirmou ter visto um grupo de cadáveres escondidos. Rapidamente uma comissão de advogados, sacerdotes e jornalistas saiu discretamente para verificar as declarações do homem. Ao chegarem, eles entraram na abóbada escura da mina iluminados por uma tocha. Ao tentarem retirar os escombros, um tórax humano caiu em cima de um deles, confirmando a informação que lhes fora confiada. Nesse exato momento, olhando para cima, descobriram que as chaminés dos fornos estavam tapadas com grades de ferro e treliças que escondiam uma mistura de ossos, roupas, cal e cimento. Havia quinze cadáveres escondidos na mina.

Não foi fácil saber de quem eram aqueles corpos. Depois de uma longa investigação, graças aos laudos periciais e às informações acumuladas nos arquivos do Vicariato, conseguiram determinar que os cadáveres exumados correspondiam a um grupo de pessoas detidas em outubro de 1973. Depois de anos procurando seus entes queridos vivos, os familiares reconheceram com horror os corpos desenterrados, perdendo definitivamente a esperança de um reencontro. Todas aquelas histórias inventadas diante da ausência e do vazio, aquelas fantasias em que os pais, irmãos ou filhos desaparecidos estavam em uma ilha deserta, a salvo, escondidos em algum lugar do mundo esperando uma boa oportunidade para mandar notícias ou voltar, começaram a desmoronar. Essa descoberta foi a primeira confirmação de que os prisioneiros que ainda não tinham aparecido certamente haviam sido assassinados. A partir desse momento, os esforços das famílias e dos profissionais se concentraram na busca dos cadáveres.

Minha mãe escuta e chora baixinho ao meu lado.
Há alguns meses ela se recuperou de uma depressão que a deixou bem mal. Depois da morte de sua mãe e de sua aposentadoria, ela foi de forma lenta, mas inexorável, caindo em um tempo angustiante. Seu cenário mudou completamente. Como se tivesse ingressado no hall de entrada desse cinema, de repente ela se viu imersa em uma oferta de possibilidades com as quais nunca havia lidado antes. Versão 2D dublada, versão 2D legendada, versão 3D dublada, versão 3D não dublada, versão 4DX dublada e legendada. Muitos títulos novos, muitos filmes, e ela parada na frente da bilheteria, vulnerável àquele turbilhão de estímulos. Quem ela era e como chegara a esse momento pouco importava. A lógica de causa e efeito havia sido desmantelada. O capítulo anterior estava encerrado e tudo que com-

punha seu passado ficou obsoleto diante do mar de perspectivas que se abria pela frente. Assim, sem um propósito prévio para guiar suas escolhas, sem um roteiro sólido daqueles que se escrevem por anos, sem uma força de gravidade para guiar o significado de suas escolhas, leves e frágeis, minha mãe foi lançada ao espaço. Perdeu-se como as lembranças se perdem na memória. E lá ela esteve andando na corda bamba enquanto tentávamos jogar-lhe uma âncora que lhe devolvesse o peso e a gravidade. Minha mãe entrou naquele território perturbador em que vivem oitenta por cento dos meus compatriotas. Um lugar angustiante e veloz, governado por psiquiatras, antidepressivos, ansiolíticos e soníferos.

Agora, enquanto a escuto chorar, penso que não foi uma boa ideia convidá-la. Algumas semanas atrás, ela mudou sua dose de Sentidol. Em vez de três comprimidos por dia, ela agora toma dois. Ela também decretou, contrariando seu psiquiatra, que não usaria mais Lorazepam para dormir porque aos setenta e seis anos não quer se tornar uma viciada em drogas, diz ela. Já não dorme mais, ou dorme em horários incomuns, o que a deixa completamente instável e nervosa, coçando a cabeça e as mãos o dia todo até que sua pele fique ferida, mas felizmente longe do perigo do vício em drogas. Convalescente como está, eu deveria tê-la levado para ver um filme mais luminoso. Trabalhei tanto com essas imagens que, como um abutre, me acostumei a elas e perdi toda a sensibilidade diante do que elas geram. O arrepio revelador que senti ao conhecê-las acabou se transformando em algo cotidiano e banal. Lá estão outra vez aqueles retratos dos fornos de Lonquén. Vejo os crânios perfeitamente ordenados depois da exumação. Vejo os parentes rezando e chorando com a fotografia de seus entes queridos presa ao peito. Eu vejo, e acho que algumas imagens estão faltando. Meu cérebro robotizado analisa, soma e subtrai, reconstitui o Arquivo Lonquén de meu computador, clica e desclassifica algumas cenas e fotografias que foram trabalhadas e conclui que algumas mais efetivas, mais eloquentes, se perderam nesse corte final.

Mas minha mãe, ao meu lado, não precisa de mais eloquência. Não é uma máquina, e para ela o que circula na tela é suficiente e até demais. Sua memória é frágil e graças a isso ela se manteve a salvo desses materiais. Por isso agora ela assiste e, como se descobrisse pela primeira vez, não consegue conter o choro. A sugestão do passado ativa suas emoções e tudo se torna presente. Lonquén está aí, acontecendo diante de seus olhos quase quarenta anos depois. Neste tempo frenético e fragmentado que habitamos, este que deixa as recordações evaporarem, minha mãe pode assistir mil vezes ao mesmo filme e se emocionar todas as vezes como se fosse a primeira.

Acho que minha mãe também é uma espécie de Bárbara Jean Trenton nessa sala solitária.

Tudo o que vê agora pertence ao seu passado. As imagens projetadas apresentam um tempo que é mais dela do que meu, mas que ela tentou esquecer de forma saudável, enquanto eu o herdei como uma obsessão doentia.

O homem que fala das sepulturas clandestinas é advogado. Conheço-o bem porque faz parte do coro de vozes que tenho ouvido repetidamente nos últimos tempos. Ele é um pouco mais novo que minha mãe, deve ter uns sessenta e tantos anos. Fala com clareza e, ao contrário do restante dos entrevistados, às vezes parece se emocionar ao se lembrar de algum evento do qual participou. Os fornos e os mortos de Lonquén ficaram para trás no filme, e agora ele explica para a câmera qual era seu trabalho no Vicariato. Ele diz que era o chefe da Unidade de Presos Desaparecidos. Seu tema eram os mortos; seu objetivo, localizá-los e caçar seus corpos onde quer que estivessem. Ele viajou por todo o Chile nessa busca. Era chamado de sabujo porque farejava sangue.

Agora ele fala sobre os informantes que o ajudaram nessa tarefa. De um em particular. Um que era membro ativo dos serviços de inteligência na época em que apareceu para testemunhar.

O advogado conta que esse homem foi contatado através de uma revista à qual chegou desesperado para dar seu depoimento. Quero falar, ele diz que ele disse. Conta que, depois de ler o que esse homem havia relatado à jornalista que contatou, ele concordou em conhecê-lo e entrevistá-lo. Então veio aquela tarde de agosto na praça Santa Ana e o início de um relacionamento que eu já tentei imaginar.

A tela de meu celular se acende. Recebi uma mensagem pelo WhatsApp. É de meus amigos, os diretores do filme que estamos vendo. Eu lhes disse que vinha e agora eles me escrevem curiosos, perguntando quantos espectadores estão no cinema. Olho para a legião de cadeiras vermelhas, todas vazias. Da sala acima vem um som estremecedor, como uma explosão. Sinto as paredes e o chão vibrarem um pouco. Ultron deve estar no meio de uma briga com os Vingadores, com certeza no meio da sequência mais intensa do filme, aquela que crava todos os espectadores em seus assentos, sacudindo os sacos de pipocas, que já devem estar espalhadas pelo chão. Aqui, por outro lado, minha mãe, a única espectadora virgem nesta sala, chora baixinho enquanto na tela se vê o advogado conversando com a câmera. Ainda acho que faltaram imagens no documentário, que havia outras mais fortes, mais impactantes. Talvez devêssemos ter feito algumas reconstruções de cenas, com lutas cruentas, com algum encontro corpo a corpo com um milico malvado. Talvez devêssemos ter contratado estrelas como Robert Downey Jr. ou, mais realisticamente, algum rosto da novela das seis. Talvez devêssemos ter colocado algum efeito especial, ou pelo menos photoshopado rugas e cabelos grisalhos, musicalizado cada uma das sequências com uma trilha sonora bombástica e adicionado ao roteiro algo espetacular e chocante como o barulho daquela explosão que eu continuo ouvindo lá de cima. É hora do almoço, o documentário que estou vendo é um filme estranho para um cinema como este, faz sentido estarmos aqui sozinhas, minha mãe e eu, mas mesmo assim não me atrevo a responder à pergunta que meus amigos me fizeram. Não posso confessar a eles que a única espectadora real que existe nessa sala foi trazida por mim e que talvez ela chore apenas devido à baixa dose de Sentidol. Sem mentir, escrevo-lhes contando que vim com minha mãe e que ela está muito emocionada. Então digo a eles que entrarei em contato quando o filme terminar e desligo o celular.

Na tela, o advogado continua falando. Ele conta que a primeira coisa que fez junto ao homem que torturava foi ir de Renault 4 a alguns lugares onde haviam sido enterrados presos desaparecidos. O advogado diz que o homem que torturava percorria os espaços tentando se lembrar. Que contava os passos, que fazia cálculos mentais, que remexia a terra com os pés e as mãos. Ao imaginar, pelo menos para mim, a cena parece comovente. Um homem tentando evocar suas piores memórias, tentando meticulosamente desclassificar detalhes obscuros de sua memória.

O advogado diz que eles também foram ver alguns centros de detenção. Visitavam-nos por fora, olhavam-nos escondidos do carro enquanto o homem que torturava contava o que tinha visto ali. O advogado diz que foi uma longa tarde andando e procurando. O advogado diz que depois desse périplo chegaram a um local reservado à Igreja Católica onde os esperavam. Lá eles pediram expressamente para não ser incomodados. O advogado diz que eles se acomodaram, que ele pegou um gravador e começaram a trabalhar. O advogado diz, e eu fico imaginando e encenando enquanto ele faz isso, porque conheço tão bem suas palavras que poderia repeti-las de cor, até imitando a inflexão de sua voz.

Olhe, eu vou gravar, mas não vou ficar muito tempo com a gravação, e sim com suas palavras. Eu quero que você fale comigo e, enquanto você fala, eu vou escrever. Para mim, escrever significa eternizar suas palavras. Para mim, escrever significa perceber e entender o que você diz e o que devo perguntar.

O advogado diz que depois dessa explicação pôs o gravador para funcionar. Que a fita girava no aparelho, gravando a voz daquele homem que ele lembrava com frases parcas, justas, sem adjetivos.

Trinta anos depois desse encontro, na tela desse cinema, o advogado insere uma velha fita cassete em um gravador. É um gravador antigo daqueles que não são mais usados. Aperta o play com cuidado, a fita gira dentro dela e pelos alto-falantes pequenos do aparelho começa a sair, com alguma interferência, a voz de um homem.

É ele. O que escuto saindo dos alto-falantes dessa sala é a voz de Andrés Antonio Valenzuela Morales, primeiro soldado, carteira de identidade 39.432 da comuna de La Ligua. Suas palavras sem mediação de tempo ou memória ruim. Depondo ali mesmo, a poucas horas da angústia suicida, com cheiro de morto nas costas, ainda tentando tirá-lo do corpo.

Sempre que via essa imagem nos cortes anteriores do filme, intuitivamente me aproximava da tela à minha frente para ouvir com mais clareza. Agora o som dolby na sala me permite escutar sem me mexer em minha cadeira vermelha. Enquanto o advogado ouve o depoimento que fez décadas atrás, a voz do homem que torturava, presa naquele presente contínuo que gira na fita cassete, atravessa todo o cinema para chegar até mim. É a primeira vez que ouço claramente. Ela realmente é parca, não adjetiva os substantivos, fala apenas o suficiente. Menciona alguns agentes, algumas vítimas, uma determinada operação que não consigo reconhecer. O Fanta pequeno, o Fanta grande, diz ele. Ele cospe memórias, tentando identificar prisioneiros, apontando dados, nomes, datas.

Eu não sabia que ia acabar fazendo isso.
Se eu soubesse,
teria guardado aqueles cartões que tive de rasgar.
Agora saberíamos de quem estamos falando.
Não me lembro de nomes, lembro-me de apelidos, insígnias.
Chamamos este de Relojoeiro. Aquele de Vigário.
Aquele era chamado de companheiro Yuri.

Para mim, escrever significa eternizar suas palavras. Para mim, escrever significa entender o que o senhor está dizendo, disse o advogado há pouco diante de nós na tela dessa sala. E ele disse isso antes, diante de mim, em meu computador. E ele disse isso antes na frente de meus amigos e de sua câmera quando eles o entrevistaram. E disse isso antes na frente do próprio homem que torturava, muitos anos atrás, quando registrou seu depoimento. E continuará a dizê-lo sempre que esse filme for exibido e alguém, em algum lugar, mesmo um único espectador, quiser vê-lo. A câmera consegue fixar, assim como a escrita fixa aqui e nas anotações que o advogado outrora fez, as palavras do homem que torturava. Corrigir para que a mensagem não seja apagada, para que o que ainda não entendemos alguém no futuro possa decifrar. Fixar para ancorar no chão, para dar peso e gravidade, para que nada seja lançado no espaço e perdido.

O tempo faz um parêntese nessa sala de cinema vazia, que nada mais é do que uma cápsula espaçotemporal, uma nave na qual minha mãe e eu viajamos, guiadas por um relógio fora do tempo, o mesmo que marca as horas na casa de Bárbara Jean Trenton em *A dimensão desconhecida*. Um dia, seu fiel agente veio visitá-la e não a encontrou na sala. A garrafa de uísque estava derramada no chão e o projetor, ligado, mostrando uma fita antiga daquelas que ela tanto via. O agente olhou para o filme que estava passando na tela. Ali tudo circulava como sempre, ou os mesmos discursos, as mesmas ações, as mesmas imagens, mas com uma única e perturbadora modificação. Bárbara cruzara o limiar do conhecido, entrando em uma dimensão tão vasta quanto o espaço e tão eterna quanto o infinito. Ponto médio entre luz e sombra, entre ciência e superstição. Bárbara Jean Trenton não habitava mais o tempo conhecido, havia mergulhado no passado e da tela sorria para seu fiel amigo, se despedindo. Seu sorriso estava eternizado no celuloide como uma impressão indelével.

A sala vibra com outra explosão dos *Vingadores* 2. Com o canto do olho vejo minha mãe olhando as imagens comovida, sem ouvir o barulho vindo de cima, provavelmente porque é surda de um ouvido. No filme, o advogado para a fita cassete e a voz do homem que torturava não é mais ouvida. Não importa, vou eternizá-la aqui. O que se segue são as sequências que já conheço e que me prendem a esse assento vermelho como um cinto de segurança. Outra vez La Moneda bombardeada. Outra vez as facções militares e o Estádio Nacional com os presos.

Sou uma atriz decadente e solitária que bebe uísque o dia todo tentando decifrar velhas imagens que se repetem sem parar.

Minha cabeça ficou no Ninho 18.
E no Ninho 20. E no Remo Zero.
Também na Colina e naquela escada em caracol que havia na Academia de Guerra para chegar ao subsolo.
Eu nunca tinha visto uma.
Antes de descermos, eles nos formaram em fila.
Disseram-nos que tudo o que íamos ver tínhamos de esquecer.
Tirar da cabeça.
Que aquele que se lembrasse seria um homem morto.

Eu gostava do mar.
Queria ser marinheiro, para estar no mar.
Mas fui para a Força Aérea.
Comecei na Base de Colina. Aguentei pouco.
Então eles me enviaram para a Academia de Guerra para cuidar dos prisioneiros de guerra.
Foi o que me disseram: prisioneiros de guerra.
Quando chegamos, nos puseram em uma linha.
Descemos ao subsolo por aquela escada em caracol cheia de tubos.
Eu pensei que era como um submarino.
No andar de baixo havia muita gente de pé.

Estavam vendados e com as mãos algemadas.
Outros, os prisioneiros mais importantes, estavam no corredor.
Eles tinham cartazes colados nas costas.
"Sem água ou comida." "De pé por 48 horas."
Eu nunca tinha ficado sem água ou comida.
Tampouco por tanto tempo de pé.
Nem mesmo em meus poucos meses de serviço militar
eu havia passado por algo assim.

Na primeira noite, um alarme disparou.
Tudo ficou escuro.
Havia metralhadoras ponto cinquenta
localizadas em lugares estratégicos.
Dali se acenderam os holofotes.
A luz me cegou. Meus olhos doeram.

Tínhamos a instrução de que, se isso acontecesse,
todos os presos deveriam deitar-se no chão
com as mãos na nuca.
Mesmo aqueles com a placa "De pé por 48 horas".
Se o policial desse a ordem,
tínhamos de atirar nos presos para matar.

Eu nunca tinha matado ninguém.

O policial de plantão andava com uma granada na mão.
Olhava para nós, não para os presos.
Ele tirou o pino de segurança da granada e nos disse que,
se quiséssemos
resgatar ou ajudar algum prisioneiro, devíamos esquecer.

Que se alguém fizesse alguma coisa, ele jogaria a granada no corredor.
Que se alguém fizesse alguma coisa, todos morreríamos por ser idiotas.

Fiquei trancado lá por seis meses.
Então eles me levaram para as casas de segurança.
Ao Ninho 18. Ao Ninho 20. Ao Remo Zero.
Eu tinha dezenove anos.

Os irmãos Flores eram três. Pelo menos aqueles que estiveram presos. Boris Flores, Lincoyán Flores e Carol Flores. A história de sua prisão é tão parecida com as que já imaginei que a essa altura tudo se mistura e se confunde, em um modelo de ação previsível e até enfadonho.

    É meio-dia e o jovem Boris está na porta de sua casa quando vê quatro carros e uma van policial passando lentamente por sua rua. Do primeiro dos carros, surge um carabineiro de rosto encapuzado que aponta para sua casa. O jovem Boris sabe o que está por vir e isso o apavora. Ele entra nervoso, rapidamente se esconde tentando escapar, mas qualquer tentativa é inútil porque a partir desse momento tudo o que segue é a projeção de imagens já visitadas e escritas aqui antes. Homens de bigode saindo de carros, homens à paisana que arrombam a porta, que entram na casa, que reviram os móveis, que encontram Boris e o agarram e batem nele e o chutam no chão. E sua mãe que grita e sua sobrinha que chora. E os vizinhos que se fazem de desentendidos e se escondem, e não veem ou não querem ver.

    E então aparecem os outros dois irmãos, Carol e Lincoyán. Eles ouviram o escândalo de algum lugar e chegam alarmados. Como é de se imaginar, os dois são contidos e espancados também. E de nada adiantam as súplicas da mãe, o choro da sobrinha ou a resistência das Flores. Como é de se imaginar, entre chutes e porradas, o comando dos agentes leva os três irmãos da casa da mãe para um destino desconhecido.

Dez anos depois dessa prisão da qual não participou, o homem que torturava está em um salão paroquial. É um daqueles que servem para reuniões ou encontros comunitários, mas que agora está desocupado, disponível apenas para ele e para o advogado com quem ele trabalha. A luz de uma lâmpada os ilumina. Sobre a mesa há duas canecas de chá ou de café fumegante, servidas por alguma religiosa discreta que não pergunta nem observa muito. Há também um cinzeiro com algumas bitucas de cigarro apagadas, revelando que o tempo transcorreu desde que chegaram.

Imagino-os sentados. De frente um para o outro, olhando nos olhos um do outro. O homem que torturava às vezes distrai seu olhar naquela fita que dá voltas e voltas no gravador do advogado. Imagino que a mesa esteja cheia de fotografias. O homem que torturava as observa e tenta identificar aqueles rostos. São muitos. Não recorda nomes, recorda apelidos. Chamávamos este de Vigário, este de Relojoeiro, este de companheiro Yuri, diz ele. São todas fotos que os parentes dessa gente desaparecida entregaram. O advogado segue a pista deles, é esse o seu trabalho, por isso as trouxe e as confronta com a memória desse homem.

Cada uma dessas fotos é um cartão-postal enviado de outra época.
Um sinal de socorro que clama para ser reconhecido.

O homem que torturava olha para elas tentando decifrar o que escondem. Territórios habitados por vidas e histórias alheias. Países limitados por suas próprias biografias, regulados por leis inventadas à mesa de cada casa. O mundo Contreras Maluje, o mundo Weibel, o mundo Flores. Planetas dos quais só se ouve a mensagem transmitida por aqueles rostos sorridentes que olham para a câmera implorando por reconhecimento.

Lembre-se de quem eu sou, eles dizem.
Lembre-se de onde eu estava, lembre-se do que fizeram comigo.
Onde me mataram, onde me enterraram.

O homem que torturava tem uma dessas fotos entre as mãos. Ele a observa atentamente. Nela, aparece um jovem com uma criança nos braços. O homem olha para a câmera e sorri timidamente, enquanto a criancinha, acho que não tem nem um ano, parece um pouco surpresa. Nesse planeta que habitam, a criança provavelmente é filha do homem que a segura. Usa sapatinhos brancos e meias curtas que talvez tenha lhe comprado sua mãe, que não se vê mas que faz parte desse mundo que fala através da fotografia.
Imagino que o homem que torturava imagina esse mundo. Imagino que ele consiga, assim como eu, ler naquela imagem impressa o momento em que a foto foi tirada. Ele intui a casa onde estão, a família que os cerca, e nesse exercício, imagino, um leve arrepio percorre seu corpo.

Lembre-se de quem eu sou, ouça.
Lembre-se de onde eu estava, lembre-se do que fizeram comigo.

Onde me mataram, onde me enterraram.

O homem que torturava diz que seu trabalho nos subterrâneos da Academia de Guerra era sentar-se à frente das celas dos presos e, de espingarda em mãos, vigiar para que não falassem. A primeira cela que esteve sob seu comando foi a número 2. Nela estava Carol Flores, o mesmo que ele vê na fotografia que tem em mãos.

Nós o chamávamos de Juanca, mas o nome dele era Carol, diz.

Os irmãos Flores foram torturados na Academia de Guerra. O jovem Boris ouviu os gritos de Carol enquanto o interrogavam. Por sua vez, Carol ouviu os gritos de Lincoyán. Por sua vez, Lincoyán ouviu os gritos de Boris.

Um dia, o mais novo dos Flores foi retirado do lugar onde estava e transferido em uma caminhonete. O jovem Boris viajou no chão, esmagado pelos pés de seus captores, que anunciaram que iriam matá-lo. O jovem Boris imaginou um tiro na nuca ou uma explosão de uma submetralhadora nas costas enquanto corria por algum terreno baldio. Pensou em seus irmãos Carol e Lincoyán, ouviu novamente seus gritos de dor da sala de interrogatório. Talvez também tenha pensado no choro da mãe e da sobrinha, a última coisa que ouviu antes de ser preso. Talvez pensasse também no pai, ou em Fabio, seu outro irmão, ou na namorada, porque devia ter namorada. Mas o que quer que estivesse passando por sua cabeça como seu último pensamento, foi interrompido pela parada abrupta do caminhão.

As portas foram escancaradas. A venda que ele usava o impedia de ver enquanto caminhava, mas ele rapidamente percebeu que estava de volta à Academia de Guerra. De volta à sala de interrogatório. Quando tiraram a venda, ele verificou que não estava em um terreno baldio com um fuzil de algum soldado em sua nuca. Eles não iriam matá-lo. Eles nunca quiseram fazer isso. Aquele passeio do qual ele havia regressado era uma espécie de aviso, ele pensava assim. Mas antes que Boris pudesse refletir mais sobre sua experiência, um homem anunciou que ele assinaria uma declaração e seria liberado. Boris concordou e horas depois, entre chutes e porradas, como é de se imaginar, foram deixá-lo no centro de Santiago. O jovem Boris mal entendeu o que estava acontecendo, mas, assim que se recuperou do espanto, pegou um ônibus e chegou à porta da casa do irmão Fabio, onde desmaiou quando abriram para ele.

Meu filho tem catorze anos. Há algum tempo ele começou a andar de ônibus sozinho. Faz isso normalmente, mas não gosto que ele pegue ônibus à noite, nem que o faça para lugares desconhecidos. Ele respeita minha preocupação, é cuidadoso e me liga e me avisa, e ainda não se rebela contra minha dinâmica de controle. Boris Flores era três anos mais velho que meu filho e atravessou a cidade de ônibus, provavelmente à noite, ferido e transtornado depois de um mês de confinamento. Não consigo imaginar o que sua mãe sentiu ao ver sua prisão. Não consigo nem chegar perto do que passou pela cabeça dela quando o viu sendo espancado e levado embora. Não sei como resistiu àquele mês inteiro sem saber dele, procurando-o e imaginando-o. Não sei como reagiu quando soube que estava de volta, quando o viu voltar para casa e pôde abraçar aquele corpo de dezessete anos, ferido por choques elétricos e torturas.

Quando o jovem Boris chegou, ficou surpreso ao ver seu irmão Lincoyán de volta em casa. Por sua vez, Lincoyán ficou surpreso ao ver seu irmão Boris de volta em casa. Por sua vez, os dois ficaram surpresos ao ver que seu irmão Carol não voltava.

O homem que torturava diz que continuou fazendo seu trabalho com os prisioneiros. Aprendeu a levá-los às sessões de tortura. Aprendeu a trazê-los de volta. Aprendeu a vigiá-los para que não falassem entre si, aprendeu a fazê-los comer e se manter de pé, se fosse a vez deles. Ele aprendeu bem e, depois de um tempo, foi selecionado para fazer parte dos grupos de reação, ele conta. Era levado para as operações, controlava o trânsito enquanto o resto invadia e detinha pessoas.

Ao mesmo tempo, naquele cenário que era o subterrâneo da Academia de Guerra, imagino que Carol Flores ainda estivesse trancado na sala número dois. Dessas quatro paredes imaginava seus irmãos naquela casa materna de onde foram sequestrados e onde agora certamente se perguntavam por ele. Um prato extra de sopa era servido e esfriava diariamente na mesa dos Flores. Um assento ficava vazio esperando por ele em cada almoço, em cada jantar.

O homem que torturava conta que um dia não viu Carol Flores na sala número dois. Ele não havia sido levado para a sala de interrogatório nem estava no banheiro ou em qualquer outro lugar. Os prisioneiros gradualmente deixavam o subsolo da Academia de Guerra para ir a outros centros de detenção, então o homem que torturava supôs que Carol Flores havia sido levado.

O jovem Boris sorriu feliz ao ver seu irmão Carol de volta em casa. Por sua vez, Lincoyán fez o mesmo. Por sua vez, seu irmão Fabio e seus pais e sua esposa e até o filho recém-nascido também sorriram ao vê-lo voltar.

Nesse dia, Carol Flores sentou-se à mesa para tomar a sopa servida e não sorriu. Ele comeu devagar enquanto todos o observavam. Levava a colher à boca em um exercício de autômato. O jovem Boris lhe perguntou e, por sua vez, Lincoyán o fez calar. O jovem Boris lhe perguntou novamente e, por sua vez, seu irmão Fabio o fez calar. O jovem Boris voltou a lhe perguntar e, por sua vez, seus pais e sua cunhada continuaram a silenciá-lo. E assim, o terceiro dos Flores não disse absolutamente nada durante o jantar. Não falou sobre os três meses de confinamento, não falou sobre o que aconteceu lá dentro, ou como e por que foi libertado. Mal falou quando conheceu seu filho pequeno. Os Flores, por um breve momento, duvidaram que aquele que estava sentado com eles à mesa fosse o mesmo que haviam levado três meses atrás.

Carol Flores não procurou trabalho. Ele ficava em casa todos os dias, fumando, sentado em um dos sofás, provavelmente vendo televisão. Sua esposa cuidava do filho recém-nascido e observava aquele homem estranho que havia sido trazido de volta para ela. Lembrava-se do outro, aquele com quem havia se juntado, um jovem inquieto e cheio de energia, o mesmo que tinha participado nas ocupações de terrenos, o mesmo que se mobilizava com entusiasmo em sua militância partidária e em seu trabalho. Um sujeito extrovertido e carinhoso, diferente, tão diferente desse homem calado do sofá.

Em um dia qualquer de televisão, cigarros e fraldas, a esposa de Carol olhou pela janela de sua casa e viu uma imagem aterradora na rua. Lá fora, ao lado de um carro, estava um dos homens que havia participado da detenção dos Flores. A mulher gritou de susto. Ela temia o pior. Que levassem Carol embora de novo, que o espancassem até a morte. Que a levassem embora, que a espancassem até a morte. Que seu filho ficasse sozinho chorando na casa vazia. Mas nada disso aconteceu. Ao ouvir seu grito, Carol debruçou-se na janela e, com uma voz que nunca ouvira, disse-lhe: Não se preocupe, é só o Pelao Lito. Carol Flores saiu ao encontro do homem que o esperava do lado de fora. Daquele dia em diante, aquele homem se tornou sua sombra.

Recentemente vi um documentário do francês Chris Marker. Conta um episódio da Segunda Guerra Mundial que eu desconhecia: os suicídios coletivos na ilha de Okinawa. Em 1945, os aliados chegaram a invadir a ilha, ponto estratégico para conseguir a derrota final do Japão. Não sei os detalhes da batalha, mas o que mais me comoveu e o que quero relatar foi o depoimento de um velho sobrevivente que narrava para as câmeras o que havia vivenciado.

Shigeaki Kinjo era um jovem de vinte e poucos anos quando tudo aconteceu. Kinjo conta que no momento em que o desembarque dos aliados era iminente, soldados japoneses se espalharam pela ilha distribuindo granadas aos guerrilheiros e civis. A instrução era clara: nunca se render ao inimigo. Quando os aliados chegassem, os japoneses de Okinawa tinham de ocupar as granadas para se suicidar. Não importava se você era soldado ou civil, homem ou mulher, criança ou velho, seu destino era a morte. O imperador estava ordenando.

Acho que o exército japonês dava a derrota como certa. Não consigo explicar de outra maneira essa decisão drástica. No momento em que os navios aliados começaram a ser vistos da costa, os japoneses de Okinawa, que observavam atentamente, sabiam o que fazer. Talvez alguns pensassem em desobedecer às ordens do imperador e se render aos aliados, mas foram avisados de que o inimigo era um demônio cruel que estupraria suas mulheres, cortaria suas cabeças, queimaria suas casas e esmagaria seus corpos com tanques.

Quando chegou o momento do suicídio, as granadas não funcionaram. Pelo menos para a população civil que nunca as manuseara. Desconcertados, nervosos, assustados, os japoneses de Okinawa não sabiam o que fazer. O inimigo estava à espreita e eles não tinham como salvar da morte suas famílias, suas esposas, suas filhas, seus pais idosos. Kinjo conta que viu um de seus vizinhos desesperados pegar os galhos grossos de uma árvore e bater na esposa e nos filhos com eles. O homem chorava ao fazê-lo, mas estava convencido de que esse gesto era um gesto de salvação. Os gritos de sua família não diminuíram a dureza dos golpes. Cada golpe era superado por outro ainda mais brutal. Um, dois, vinte, trinta golpes. Ou talvez mais, até que a esposa e os filhos acabaram mortos no chão.

Um silêncio sombrio se fez naquele canto da ilha.
Todos os que testemunharam a cena ficaram paralisados, sem palavras.
Por um momento, a histeria coletiva se acalmou diante dos corpos ensanguentados daquela família.
O jovem Kinjo estava lá. Seus olhos de menino homem pareciam assustados. Talvez ele tenha ouvido um bando de pássaros voando pelo céu. Talvez ele tenha escutado ao longe as ondas do mar batendo contra um penhasco. Ou talvez alguém tenha

gritado de novo e isso reativou mentes e corpos e então foi o começo do fim. Sem pensar muito, Kinjo e outros japoneses desesperados pegaram outros galhos grossos de outras árvores grossas e com eles começaram a bater nas outras esposas, nas outras irmãs, nos outros velhos. Kinjo açoitou a cabeça de sua mãe. Então fez o mesmo com seus irmãos mais novos. Kinjo chorou ao fazê-lo, disse isso na câmera, mas estava convencido de que o gesto era um gesto de salvação. Os gritos de sua família não diminuíram a dureza dos golpes. Cada golpe era superado por outro ainda mais brutal. Um, dois, vinte, trinta. Ou talvez mais, até que sua mãe e seus irmãos acabaram mortos, ensanguentados e deformados, junto com o resto dessa grande família da ilha de Okinawa.

A história do Japão quis apagar esse episódio dos livros didáticos.
A história do Japão quis apagar esse episódio de sua História.

O jovem Kinjo, que agora é um velho, quis se suicidar depois de matar sua família, mas não conseguiu. Agora ele fica envergonhado quando fala para a câmera. Ele afirma ter agido contra a natureza, pensando que estava certo, que estava fazendo algo heroico seguindo as ordens do imperador. Sua ação foi tão cruel quanto a de um inimigo. E então o jovem Kinjo, que agora é um velho, diz que inadvertidamente se tornou seu pior inimigo. O jovem Kinjo, que agora é um velho, diz que não é tão difícil nos transformar naquilo que mais tememos.

Penso em Carol Flores e naquela estranha proximidade que ele começou a ter com o homem que o prendera: o Pelao Lito. Penso no estreito limite que ele ultrapassou para se aproximar do adversário, para recebê-lo em sua casa, para deixar de temê-lo quando vinha procurá-lo.

Quando o jovem Boris soube desse relacionamento, perguntou ao irmão Carol sobre isso, mas ele não respondeu. Quando Lincoyán descobriu, também lhe perguntou. E Fabio e seus pais fizeram o mesmo, mas Carol nunca respondeu.

O homem que torturava diz que conhecia bem o Pelao Lito. Seu nome verdadeiro era Guillermo Bratti, soldado da Força Aérea, assim como ele. Vinha da Base Aérea de El Bosque e também passou pela Academia de Guerra. Mais tarde se encontrou na Base Aérea de Cerrillos para onde foram transferidos, e a partir desse momento passaram a trabalhar juntos no mesmo grupo de choque antissubversivo. Lá estavam todos juntos, com o Chirola, com o Lalo, com o Fifo, com o Yerko, com o Lutti, com o Patán. Seu objetivo era desintegrar o Partido Comunista e por isso o Pelao Lito foi escolhido para trabalhar com um informante do partido. Esse informante era Carol Flores, vulgo Juanca.

A mesma coisa que faz nesse momento o homem que torturava, Carol Flores, ou Juanca, começou a fazer diariamente. O Pelao Lito passava para buscá-lo e o levava de carro aos gabinetes para classificar informações. Carol Flores, ou Juanca, sentava-se a uma mesa semelhante à do salão paroquial e interpretava os testemunhos recolhidos durante os interrogatórios dos presos. Ele também se deparava com mil rostos fotografados e tinha de reconhecê-los. Este é Arsenio Leal, este é Miguel Ángel Rodríguez Gallardo, o Quila Leo, este é Francisco Manzor, este é Alonso Gahona, imagino que ele disse. O homem que torturava diz que Carol Flores, ou Juanca, se tornou um deles. Ele tinha sua própria arma e começou a participar das prisões e interrogatórios de seus ex-camaradas.

O jovem Boris sabia disso? Lincoyán sabia? Fabio sabia?

Um dia, o pai de Carol recebeu uma visita de seu filho. Este pediu que o pai saísse de casa para conversar, não queria que ninguém ouvisse. Ali, pela primeira vez, Carol contou ao pai o que havia vivenciado em sua detenção. Contou-lhe sobre a clandestinidade da Academia de Guerra, os interrogatórios, as sessões de tortura, os gritos do jovem Boris, os gritos de seu irmão Lincoyán. Relatou-lhe aquele pacto final que decidira assinar com seus inimigos. Cooperaria com eles se libertassem seus irmãos e os libertassem de qualquer possibilidade de prisão. E assim aconteceu. Os Flores foram libertados do perigo em troca da alma de Carol. Carol estava convencido de que esse gesto era um gesto salvador.

O jovem Boris sabia disso? Lincoyán sabia? Fabio sabia?

Pela primeira vez, como em muito tempo, o pai de Carol voltou a reconhecer aquele filho que já teve. Naqueles olhos angustiados ele encontrou seu olhar. Em suas palavras tristes, ele encontrou sua voz. Tudo o que havia permanecido oculto neste homem que regressara depois da prisão agora veio à tona. Por fim Carol estava de volta, mas apenas para se despedir definitivamente e dar lugar, de vez, ao temível Juanca.

Imagino que a fotografia que o homem que torturava está olhando seja justamente dessa época. O filho de Carol tem poucos meses e está nos braços dele com aqueles sapatinhos brancos. Carol é um pouco Carol e um pouco Juanca nessa foto. Seu sorriso é estranho, desajeitado, alheio. O homem que torturava conhece essa expressão, reconhece-a porque a tem tatuada no próprio rosto.

Lembre-se de quem eu sou, escuta a foto falando.
Lembre-se de onde eu estava, lembre-se do que fizeram comigo.

Carol Flores, ou Juanca, às vezes ia almoçar na sua casa com o Pelao Lito. Os dois sentados no sofá, olhando para o nada, enquanto as crianças brincavam sobre suas pernas estendidas. Comiam feijão, fumavam, viam televisão e saíam de novo para alguma operação secreta. Cada vez que voltavam, pareciam mais magros, mais cansados, mais deteriorados, mais taciturnos, mais silenciosos. E assim muitas vezes, até que um dia não apareceram mais.

O jovem Boris nunca mais viu seu irmão Carol. Nem Lincoyán. Nem Fabio, nem os pais, nem a esposa, nem os filhos. Os Flores deixaram o lugar vago na mesa para almoço e jantar. A sopa ficou fria de uma vez por todas.

O homem que torturava nunca mais viu Carol Flores ou Juanca.
O homem que torturava conta que uma noite eles foram levados para realizar uma operação especial. Para isso, foram transferidos a um centro de detenção onde seus superiores os esperavam com um coquetel. Havia pisco e pílulas e todos bebiam e comiam. Quando a bebida acabou eles chamaram o "pacote",

é o que ele diz que disseram. O pacote era o Pelao Lito, que estava algemado e com os olhos vendados. Que ele tinha feito besteira, disseram a ele, que ele era um traidor, que não se brincava com a informação, de que lado ele estava. O homem que torturava diz que não sabia o que se passava, mas que conseguiu perceber que o Pelao Lito tinha feito algo errado, que tinha traído o grupo ao revelar informações secretas. Por isso, entre gritos e chutes, o enfiaram no porta-malas de um carro e o levaram para Cajón del Maipo. Lá, no meio da noite andina, eles o soltaram e o fuzilaram, assim como ele havia feito antes com seus inimigos. A mesma coisa que fizeram com José Weibel, com Carlos Contreras Maluje. O homem que torturava diz que teve de amarrar o Pelao Lito pelos pés e mãos e jogá-lo no rio. O homem que torturava diz que teve medo, que por um momento pensou que a mesma coisa poderia acontecer com ele. Que o Pelao Lito era seu companheiro, que tinha vinte e cinco anos, que nunca imaginou ter de presenciar a morte de um dos seus pelas mãos de seu próprio grupo. Que ele nunca imaginou qual era a linha tênue que separava seus companheiros de seus inimigos.

O homem que torturava conta que pouco depois soube que Carol Flores, ou Juanca, teve o mesmo destino. Seu corpo apareceu no rio, com as falanges decepadas, com o impacto de dezessete projéteis, fratura completa da coluna vertebral e destruição dos órgãos genitais.

Os Flores viram a fotografia daquele cadáver muitos anos depois de que o homem que torturava tinha dado seu depoimento. Na fotografia, os Flores reconheceram o filho, o irmão, o marido. Era ele. Era Carol, não Juanca. Faltavam-lhe os dentes, a testa estava disforme pelas pancadas, mas era o Carol Flores que sempre amaram e tanto procuraram. Nem o inimigo nem o informante.

Lembro-me de outro episódio de *A dimensão desconhecida*. Nele, um homem mudava de rosto toda vez que precisava. Ele era o homem de mil faces, era assim que o chamavam. Todas estavam contidas em seu interior e, segundo o contexto, ele ia utilizando aquela que melhor correspondia às circunstâncias. Se ele tivesse estado em Okinawa, teria sido um vizinho tranquilo e feliz até a guerra e depois um feroz assassino de sua própria família. Se tivesse estado no Chile na década de 1970, teria sido um feliz trabalhador do município de La Cisterna ou um jovem camponês de Papudo que sonhava ser policial ou marinheiro e depois um agente feroz, capaz de torturar e trair os seus.

Quantas faces um ser humano pode conter?
Quantas o jovem Boris conteria?
Quantas seu irmão Lincoyán?
Quantas tem esse advogado que ouve o homem que torturava?
Quantas ele mesmo tem? Quantas eu?

Atravessamos uma ponte e o carro virou à esquerda.
Entramos em uma estrada de terra.
Paramos a cerca de sete quilômetros terra adentro,
a cerca de quarenta metros da falésia.

Fazia frio.
Acho que havia lua porque tudo parecia muito claro.
Tiraram o Pelao do porta-malas e o puseram junto a uma pedra,
bem longe, a cerca de dez metros deles.
Como você quer morrer?, perguntaram-lhe.
Ele respondeu que sem algemas e sem venda.
Sem algemas ou vendas, disse ele.

Mandaram-me tirá-las.
Aproximei-me lentamente.
Eu estava em pedaços. Mal conseguia olhar para ele.
Está ventando, Papudo, ele me disse, a noite está fria.
E eu não conseguia responder nada, as palavras não saíam.

Tinha medo. Eram todos oficiais, menos eu.
Achei que iam me derrubar com o Pelao.

Tirei as algemas.
E eles me enviaram para procurar cabos e fios.
Eu estava no carro tirando-os quando ouvi a rajada.
Fazia frio.
Acho que havia lua porque tudo parecia muito claro.
Quando voltei, o Fifo Palma estava terminando.
Não vi mais ninguém atirar.

Mandaram-me amarrar as mãos e os pés do Pelao.
Mandaram-me colocar pedras nele.
Mandaram-me empurrá-lo do penhasco.

Lembrei-me da última vez que almoçamos com ele.
Não fazia tanto tempo.
Falamos de futebol.
Contamos piadas.

Como estava cheio de arbustos,
tive que apresentar meu próprio corpo ao vazio.
Alguém segurou minha mão.
E fiquei pendurado enquanto jogava o Pelao.
Eu pensei que eles iam me deixar também.
Mas não. Só ele caiu.
Acho que havia lua
porque eu a vi claramente lá no rio.
Eu não esqueço.

Quando voltamos, bebemos uma garrafa inteira de pisco.

Em 12 de abril de 1961, o major Yuri Gagarin tornou-se o primeiro cosmonauta a viajar para o espaço sideral. Durante cento e oito minutos ele sobrevoou a Terra em sua nave, a *Vostok 1*, e de lá pôde dimensionar nosso planeta com seus próprios olhos. Ele o viu azul, redondo e bonito. Assim disse em sua transmissão ao comando de controle: A Terra é linda. Meu professor de ciências, o mesmo de bigode grosso que já mencionei, uma vez nos contou entusiasmado sobre o programa espacial soviético e a grande façanha de Gagarin. Não lembro se fazia parte da matéria que devíamos estudar ou se simplesmente nos contou porque quis, mas sua emoção era grande e tenho certeza de que é por isso que me lembro dessa aula em que ele desenhou a *Vostok 1* no quadro-negro que fez as vezes de espaço sideral. Ele não nos contou sobre a cadela Laika nem sobre Valentina Tereshkova, a primeira mulher a estar em órbita, nem sobre Neil Armstrong e sua caminhada na Lua. Meu professor só falava do major Gagarin, como se sua viagem de vinte anos atrás tivesse sido a mais importante, a definitiva.

Depois daquela aula, entendi certas coisas. Um dado interessante foi descobrir por que havia alguns Yuris rondando meu bairro e minha vida. Eu sabia que era um nome soviético, mas não entendia o motivo de sua popularidade no Chile. Nunca conheci um Nikolai, um Anton, um Pavlov ou um Sergei. A verdade é que nunca conheci ninguém que tivesse nomes soviéticos porque vivíamos em uma época na qual o soviético definitivamente não era popular. No entanto, conheci vários Yuris.

Nosso professor bigodudo nos contou como o major Gagarin se tornou uma estrela desde o momento em que voltou de sua viagem. Êxito de relações públicas, o governo da União Soviética o fez dar a volta ao mundo como embaixador. Ninguém ficou indiferente ao sorriso daquele homem que tinha visto o que ninguém ainda podia ver. E assim o major Gagarin foi se reproduzindo pelo mundo. No Egito, em Cuba, no México, no Chile, todos queriam ser um pouco como ele e, em sua homenagem, batizaram os filhos com aquele nome que não só honrava o cosmos, mas também homenageava uma nação que se erguia como utopia de presente e futuro para muitos. Yuri Pérez, Yuri Contreras, Yuri Soto, Yuri Bahamondes, Yuri Riquelme, Yuri Gahona. Um exército de cosmonautas sul-americanos nasceu no Chile como reflexo do major Gagarin, de sua viagem, da ideia de que a Terra era azul e bela e da convicção de que a voz de nenhum deus poderia ser ouvida do espaço sideral.

Imagino o sr. Alonso Gahona Chávez, trabalhador da prefeitura de La Cisterna, olhando para o rosto de seu filho recém-nascido e pronunciando o nome com o qual o batizaria. Imagino-o anos depois, em um campo de futebol, jogando bola com ele e gritando o mesmo nome para comemorar um gol. Imagino-o sentado em frente a um tabuleiro de xadrez, tentando ensinar-lhe os movimentos básicos de cada peça. Avançar com um espaço para os peões, direto para as torres e diagonalmente para os bispos. Atacar com a rainha e, o mais importante: proteger o rei. Imagino-o caminhando uma noite pelo campo, olhando as estrelas e contando ao filho, com o mesmo entusiasmo com que meu professor me contou, a façanha do homem que viu o mundo pela primeira vez, lá no distante 1961. A viagem daquele mítico cosmonauta de quem, ouso imaginar, o filhinho do sr. Alonso herdou seu nome: Yuri Gahona.

Imagino que no dia 8 de setembro de 1975, quando tinha apenas sete anos, o pequeno Yuri começou a preparar o tabuleiro de xadrez enquanto esperava o pai chegar do trabalho. Imagino-o pegando um dos bispos brancos do jogo e fingindo que a peça fosse um foguete espacial. O pequeno major Gagarin, ou Yuri Gahona, imagina que viaja dentro desse bispo e sobrevoa o tabuleiro de xadrez, passando por cada casa preta e branca. De dentro, ele observa o resto das peças lá embaixo enquanto dirige com cuidado sua nave de plástico. O pequeno major Gagarin, ou Yuri Gahona, imagina que se eleva pela mesa da sala de jantar, sobre o tapete desbotado, imagina que está avançando pelo corredor, por toda a casa, até cruzar a porta da frente onde se assoma para ver se o pai se aproxima. Imagino o pequeno major Gagarin, ou Yuri Gahona, com seus radares ligados, observando de sua nave em miniatura e relatando o que vê ao controle de solo. Ou melhor, o que ele não vê, porque o pai, que é seu único alvo de rastreamento, ainda não apareceu. Ele não é visto andando na rua com as mãos nos bolsos da jaqueta, como todos os dias a esta hora. Não se consegue distinguir sua silhueta miúda, seu cabelo curto e encaracolado, seus óculos grossos. Então o pequeno major Gagarin, ou Yuri Gahona, brinca de subir ainda mais alto em seu foguete bispo. Imagina que chega ao telhado da casa e escala pelos cabos de eletricidade para continuar subindo até as nuvens e dali olhar todo o quarteirão, todo o bairro, a comuna inteira e talvez assim, com a visão de um cosmonauta liliputiano, detectar o lugar preciso por onde seu pai está caminhando.

Entre os pontos 25 e 26 da Gran Avenida, em seu trajeto diário de volta para casa, o sr. Alonso Gahona Chávez foi interceptado por três homens armados. Um deles é Carol Flores, seu antigo companheiro, militante do Partido Comunista, amigo próximo e ex-colega na prefeitura de La Cisterna. Imagino que seja difícil para o sr. Alonso entender por que seu colega aponta uma arma para ele e o faz apoiar as mãos na parede enquanto os outros dois homens o revistam. Fique calmo, Alonso, é melhor não revidar, escuta um deles falando. Imagino que a situação o aborreça, mas ele rapidamente entende o que está acontecendo e se rende, porque sabe que não há saída. Isso não é um assalto, como algum desavisado pode acreditar. As pessoas que observam enquanto caminham para casa, que compram pão ou tomam o ônibus, têm plena consciência do que está acontecendo. No entanto, elas olham e seguem em frente sem dizer ou fazer nada, deixando os homens armados empurrarem e chutarem o sr. Alonso Gahona Chávez, levando-o para uma caminhonete.

O pequeno major Gagarin, ou Yuri Gahona, e sua irmã de seis anos, Evelyn, entendem que se o tabuleiro de xadrez permaneceu intacto a noite toda é porque algo ruim aconteceu com seu pai. Provavelmente o próprio sr. Alonso os preparou para uma emergência como essa. Assim como os ensinou a usar as peças de xadrez, talvez também os tenha ensinado a agir quando o rei fosse sequestrado do tabuleiro. As crianças participam da busca pelo sr. Alonso e passam por postos, delegacias, hospitais, tribunais, até sobem em árvores e tentam olhar dentro de um centro de detenção para ver se o encontram ali. Mas tudo é inútil. Nem mesmo sobrevoando a cidade inteira com sua nave episcopal branca, o pequeno major Gagarin, ou Yuri Gahona, consegue encontrar qualquer rastro de seu pai. O bispo definitivamente falhou em proteger o rei.

Vamos abrir esta porta. Atrás dela encontraremos uma dimensão diferente. Vocês estão entrando em um mundo desconhecido de sonhos e ideias. Vocês estão entrando na dimensão desconhecida.

O Ninho 20. Esse era o nome de um dos locais secretos que servia como centro de detenção na comuna de La Cisterna. Localizado na rua Santa Teresa, n° 037, batizaram-no assim porque era um recinto do ramo de inteligência da Aeronáutica, e aparentemente para a Aeronáutica tudo o que tinha a ver com pássaros, desde o ninho em que nasciam em diante, era de estrito monopólio da instituição. O número 20 foi escolhido por estar localizado perto do ponto 20 da Gran Avenida.

Não imagino, eu sei, que o sr. Alonso Gahona foi trasladado para este lugar.

Não imagino, eu sei, que ele atravessou a porta do n° 037 da rua Santa Teresa e a partir daquele momento entrou em uma dimensão da qual jamais voltaria.

Busco informações do recinto e descubro que a casa atualmente é um memorial. Sítio da Memória ex-Ninho 20, Casa Museu dos Direitos Humanos Alberto Bachelet Martínez. Foi assim que o batizaram. Escrevo a um e-mail que aparece no site para perguntar sobre o horário de visitas, e algumas horas depois recebo como resposta um número de telefone para marcar um encontro com o diretor do centro. A situação me desconcerta. Não acho necessário marcar hora com o diretor do memorial. Costumo pensar que os diretores de qualquer coisa são pessoas muito ocupadas, e só quero fazer uma visita, olhar o local, comparar o que vejo com o que sei sobre ele. Sem outra alternativa, ligo para o número que me deram. Não espero muito e a voz de um homem mais velho me responde, um homem na casa dos setenta, acho. Ele é o diretor do memorial. Digo-lhe que quero fazer uma visita, mas que os horários não aparecem no site. Ele gentilmente responde que realmente não há horários, mas que me espera à tarde. Eu digo que não é preciso que ele me espere, não quero tomar seu tempo, mas ele me diz que é o único que pode me abrir a porta porque não há mais ninguém tomando conta do lugar. O diretor não precisa do meu nome nem de nenhum antecedente particular para o nosso encontro, trata-me apenas como companheira e diz que me espera às 17h.

A primeira coisa que me surpreende quando chego é a fachada da casa. Meio deteriorada, cheia de entulho e lixo no jardim da frente. Não há campainha e a placa no portão de entrada está torta. Um arame encapado com plástico azul envolve os dois portões tentando juntá-los, agindo ingenuamente como uma corrente de segurança. De um lado, no interior, vejo um táxi velho e desconjuntado estacionado. É uma pequena casa térrea com lareira de pedra, garagem, telhado de telhas vermelhas e um grande pátio que já teve uma piscina. Fazendo algumas reformas, poderia ser uma casa aconchegante. Eu mesma poderia tê-la escolhido para morar com minha família. Excelente locomoção, comércio próximo, tudo que você precisa para ter uma vida tranquila e feliz. Outra coisa que me surpreende é que ela está localizada no meio de um bairro residencial e a menos de dez metros da Gran Avenida, uma rua larga, cheia de carros e pessoas circulando a toda hora. Quarenta anos se passaram desde que esta casa era um centro de detenção clandestino, mas sei que a Gran Avenida era igualmente movimentada naquela época. Seu espírito comercial não mudou, nem sua vocação como artéria do transporte público. As casas do setor são semelhantes entre si, com certeza parte de uma vila construída nos anos 60, calculo. Na esquina, um par de lojas. Na rua, alguns carros estacionados e, a poucos metros de distância, um menino chutando sua bola na calçada. Eu me pergunto o quanto essa paisagem mudou em todo esse tempo. Respondo que não muito. Entre o ano de 1975 e agora deve haver apenas algumas diferenças.

Eu sou uma delas.
O menino com a bola também.

De meu presente, que já foi o futuro do sr. Alonso Gahona, imagino aquela caminhonete em que foi sequestrado. Vejo-a avançando em alta velocidade entre ônibus e carros, precisamente pela Gran Avenida, naquela tarde de setembro de 1975. Chega ao ponto de ônibus 20 e vira na rua Santa Teresa para estacionar aqui, diante da casa, no mesmo lugar onde estou agora.
Imagino o sr. Alonso Gahona saindo daquele caminhão.
Talvez Carol Flores esteja com ele. Talvez não.
Imagino o sr. Alonso Gahona entrando empurrado por esse mesmo portão diante do qual estou. Ele não me vê, é claro. A verdade é que ele não consegue ver nada por baixo da venda que puseram em seus olhos. Ele apenas obedece e se deixa levar por suas sentinelas. Anda com dificuldade. Imagino-o tropeçando nos dois degraus que vejo daqui, junto à porta, enquanto os vizinhos também observam. Então acho que vejo uma mulher espionando na casa do outro lado da rua. Aparece escondida atrás da cortina. Ou talvez ela não se esconda e olhe com atenção enquanto rega as plantas do jardim da fren-

te. Imagino-a, ela e outras como ela, observando o movimento desse lugar dia após dia, transformando a estranheza em cotidiano. Os gritos que vinham das sessões de tortura coexistiam com a música do rádio que se ouvia no bairro, com os diálogos do seriado das três da tarde, com a voz do locutor do jogo de futebol. Os prisioneiros que entravam e saíam por esse portão começaram a fazer parte da paisagem. A mesma coisa que o carteiro, o inspetor municipal, as crianças que iam cedo para a escola. Ouvir um tiro já não era algo estranho, fazia parte dos novos sons, dos novos costumes, da rotina diária que se estabeleceu de forma contundente sem que ninguém se atrevesse a contrariá-la.

O pequeno major Gagarin, ou Yuri Gahona, junto com sua irmã Evelyn, nunca viu essa cena que acabei de imaginar. Eles moravam nessa mesma comuna, mas não tinham informações sobre o Ninho 20. Apesar de sua proximidade, ninguém lhes contou o que estava acontecendo aqui. Eles nunca vieram espiar pelas grades para tentar ver o pai, nem sobrevoaram o quarteirão com a imaginação para localizá-lo lá de cima, em sua nave episcopal branca. Como eu, eles também não viram o que aconteceu dentro dessa casa. Para entrar lá e fantasiar sobre o que aconteceu, podemos apenas convocá-lo, o homem que torturava: Andrés Antonio Valenzuela Morales, primeiro soldado, carteira de identidade 39.432 da comuna de La Ligua.

O homem que torturava conta que, depois de ter sido sentinela de prisioneiros políticos na Academia de Guerra e em um hangar da Base Aérea de Cerrillos, foi transferido para fazer o mesmo trabalho no Ninho 20. O homem que torturava diz que trabalhava lá vigiando os presos, transferindo-os para as suas sessões de tortura, dando-lhes comida, tomando cuidado para que não falassem uns com os outros. Ele diz que eram tantos que tiveram de se expandir para outros centros de detenção. O homem que torturava diz que no Ninho 20 eles tinham quarenta prisioneiros ao mesmo tempo. O homem que torturava diz que tiveram de enfiá-los até no armário para mantê-los incomunicáveis, porque o local era muito pequeno.

Claro, nada disso ele diz a mim.
Eu continuo misturando os tempos.

Presente, futuro e passado juntam-se nessa rua suspensa entre parênteses pelo relógio da dimensão desconhecida. Sentado no banco de seu Renault 4, imagino-o ali em frente à casa, ao lado do advogado. Observam o local de longe, disfarçadamente, como sabem fazer, sem levantar suspeitas. Fizeram uma longa jornada visitando os lugares que ele mencionou à jornalista. A costa Barriga, La Firma, o hangar de Cerrillos e agora o Ninho 20. O advogado lamenta não ter uma câmera fotográfica, então observa com muita atenção tentando registrar tudo o que vê, assim como faço agora. O homem que torturava tem recordações sobre essa casa e, entre elas, diz que um dos prisioneiros que estava lá era o sr. Alonso Gahona. Ele diz que o sr. Alonso era conhecido entre seus companheiros pelo apelido de Yuri.

A primeira coisa que vejo ao entrar nesta casa é um retrato do sr. Alonso Gahona. Está pintado a óleo e emoldurado junto à lareira. É uma reprodução da mesma fotografia que vi no Museu da Memória. Alonso aparece sorridente, com seus óculos grossos e com o torso nu porque acho que ele está em um balneário. O diretor do centro me recebe e me diz que este é o companheiro Yuri. Ele não me diz Alonso, me diz: Yuri. Então me deixa entrar e me convida a sentar-me na que deve ter sido a sala de jantar. Ele me pede para esperar um momento porque está em reunião com uma companheira que me apresenta sem dizer seu nome. Acho que vou para algum escritório ou sala de espera, mas não. De repente estou no meio de uma reunião de companheiros em que o grande assunto é a chegada dos ciganos ao bairro. A companheira está muito chateada porque foi multada por um inspetor da câmara de La Cisterna por causa de uma ampliação que está fazendo em sua casa, uma casa muito próxima, da mesma vila. No entanto, para o seu vizinho, que é um dos ciganos que chegaram ao bairro, ninguém fala sobre a construção de uma janela bay window com vista para o pátio da companheira, algo totalmente improducente e ilegal, de acordo com ela. A companheira tem certeza de que os fiscais municipais estão recebendo propina dos ciganos. Essa é a única explicação que ela tem para entender por que ninguém nunca implica com eles nem os faz pagar impostos. O diretor do centro aceita a reclamação e avisa à companheira que a levará à companheira vereadora e ao próprio companheiro prefeito. O diretor do centro tem que fazer sua própria reclamação porque jogaram ratos mortos no memorial ex-Ninho 20 e colocaram cola na placa de entrada, que se danificou e agora ele tem de fechá-la com um arame, portanto acrescentará a reclamação da companheira à sua reclamação pessoal. Sem dúvida, a companheira vereadora e o companheiro prefeito atenderão aos seus pedidos. Depois de uma cordial despedida, a companheira deixa o memorial acompanhada pelo companheiro diretor, enquanto eu fico sozinha nessa casa que já foi um centro de detenção e tortura, com uma foto do companheiro Yuri olhando para mim da lareira.

O lugar está bagunçado. Poeira, muitas cadeiras espalhadas no espaço vazio, um armário cheio de revistas velhas e, em um biombo, um mural feito com papelão colorido. Nele estão expostas fotocópias dos rostos de outros presos. Com letras escritas em caneta preta, seus nomes e apelidos são lidos. O Quila Leo, camarada Díaz, companheiro Diego. Todas as cartolinas são coladas ao mural com fita adesiva e correm o risco de se desprender. O Quila Leo me olha meio torto, inclinado para a direita, prestes a cair no chão. Tudo é muito precário, feito à mão, como aqueles trabalhos que as crianças fazem nas escolas para expor algum tema. Ao lado da pintura do companheiro Yuri está outra de Allende, outra de Neruda e uma última do general Bachelet, pai da presidenta, que dá nome ao memorial.

O companheiro diretor volta e me explica que, como comitê de direitos humanos, eles prestam serviços à comunidade. Agem como um elo entre os vizinhos e o prefeito e também oferecem sessões de biomagnetismo ministradas por um colega terapeuta na sala dos fundos por um preço módico. Nesse momento, o colega está atendendo uma senhora peruana que tem câncer no estômago, ele me conta. O companheiro diretor me conta que é taxista, por isso seu táxi está estacionado ali à entrada de casa. À noite ele faz corridas e durante o dia trabalha no memorial. A tarefa não é fácil. Não há financiamento e também os companheiros comunistas não estão muito felizes com ele no comando. Todos os prisioneiros que passaram pelo Ninho 20 eram comunistas, então o partido não entende que um companheiro socialista, como ele, seja o diretor do memorial. Parece inapropriado. Eles também não gostam que ele estacione o táxi lá. Depois de se desculpar pela bagunça no local, o companheiro diretor se oferece para me mostrar a casa.

O homem que torturava diz que o sr. Alonso Gahona, o companheiro Yuri, passou longas sessões nessa sala onde estou agora. É o lugar destinado às torturas. Um pequeno espaço que já foi uma lavanderia. O chão é de ladrilhos vermelhos com riscas brancas, iguais aos da minha cozinha. Há uma janela que dá para a rua, voltada diretamente para a casa do outro lado. Nas paredes há um par de cartolinas coladas com fita adesiva nas quais se podem ver desenhos de algumas formas de tortura. São ilustrações feitas pelos companheiros que sobreviveram a esse cômodo. Em uma delas, posso ler a palavra "submarino". Junto às letras manuscritas, vejo o desenho de um homem nu com a cabeça dentro de um galão cheio de água ou talvez urina. Dois homens o empurram e o mantêm ali. Pelo desenho, entendo que o exercício era provocar o afogamento do preso. Na cartolina ao lado, leio "piscina com gelo". Nesse caso, o desenho mostra outro homem nu e amarrado, mas dentro de uma tina cheia de gelo. No desenho, veem-se muitas letras soltas escritas ao redor do corpo do homem. Não dizem nada, estão ali como se marcassem alguma coisa, um código secreto que não entendo e que o companheiro diretor não faz ideia do que se trata. No chão do aposento vejo um pequeno catre de ferro que poderia ser a cama de uma criança. O companheiro diretor me explica que é de fato uma cama infantil. Foi a única que conseguiram para simular a utilizada pelos torturadores para amarrar os prisioneiros e aplicar choques neles.

   O homem que torturava diz que eles fizeram isso com o companheiro Yuri. Amarraram-no à grelha, como chamavam aqueles catres de ferro, e ali o espancaram e aplicaram choques nele. O homem que torturava diz que depois de uma longa sessão o penduraram no chuveiro desse banheiro que o companheiro diretor agora está me mostrando. É um banheiro pequeno, mal cabemos nós dois, decorado com azulejos pretos e verdes e um jogo sanitário de muito bom gosto, é a primeira coisa que penso quando entro. Em algum momento, alguém deve ter escolhido com cuidado. Em algum momento, alguém deve ter pensado em como esses acessórios ficariam ótimos em seu banheiro. Em algum momento, alguém os comprou, instalou e usou. Alguém lavou as mãos nessa pia. Alguém fez o cabelo e a maquiagem na frente desse espelho. No entanto, todo esse conjunto de vaidade dos anos 60, que tão bem combina com os azulejos, é o palco da cena que o homem que torturava recorda e narra.

O companheiro Yuri tinha muita sede por causa dos choques elétricos que tinham lhe aplicado na sala de tortura. O homem que torturava diz que o companheiro Yuri pediu água e que um dos sentinelas deixou a torneira do chuveiro aberta para o companheiro Yuri beber. O homem que torturava diz que o sentinela desligou a torneira, mas que o companheiro Yuri continuou reclamando de sede. Fraco como estava, usou suas poucas forças para abrir a torneira novamente, mas não conseguiu beber nem fechá-la de novo. O homem que torturava diz que a água correu a noite toda sobre o corpo do companheiro Yuri. O homem que torturava diz que no dia seguinte o companheiro Yuri acordou morto de broncopneumonia fulminante.

Estou no aposento onde os presos dormiam deitados no chão. É um cômodo pequeno, que originalmente deve ter sido o quarto em que alguém uma vez descansou e talvez teve sonhos felizes antes de prosseguir com sua rotina diária. Daqui para o banheiro de azulejos verdes, depois um café da manhã naquela sala onde ouvi falar de ciganos, e finalmente sair pela porta e descer aqueles dois degraus onde o companheiro Yuri tropeçaria algum tempo depois. Até quarenta homens conviveram nesse lugar, somando-se aos que estavam trancados no minúsculo armário, incomunicáveis.

O companheiro diretor me mostra o mural que eles pintaram. Trata-se de um grande desenho do companheiro Yuri, com um fundo de cores vivas que não consigo entender o que representa. O mural é assinado pela brigada Estrela Vermelha e é uma iniciativa dos filhos do companheiro Yuri, que são muito próximos do memorial. O companheiro diretor me diz que acredita que, como o corpo do companheiro Yuri nunca foi encontrado, as crianças, que não são mais crianças, porque Yuri e Evelyn Gahona devem ter minha idade ou pouco mais que isso, vão ao memorial para lembrar de seu pai, como se o lugar fosse um santuário ou um túmulo. Eles até pediram, o companheiro diretor me disse, que o banheiro em que o companheiro Yuri morreu não sofresse nenhuma intervenção e fosse mantido intacto. Verde e pequeno, como acabei de visitar.

Certa vez, vi imagens do major Gagarin encerrado em sua nave, a *Vostok 1*. Localizado em um espaço mínimo e amarrado com cintos de segurança, ele viajava pelo cosmos sem poder se mover. Apenas seus olhos estavam em movimento, e acho que suas mãos também, enquanto ele observava a Terra e o Universo através de uma janela redonda.

Imagino o companheiro Yuri imobilizado naquele banheiro. As poucas energias que ele tem são usadas para beber da água que cai em seu corpo nu. Não há janelas, mas, se ele fechar os olhos, poderá imaginar uma abertura no teto, logo acima de sua cabeça cansada. Imagino que o companheiro Yuri observa por aquela janela imaginária. É uma noite estrelada. A água ainda está escorrendo por seu corpo, mas tudo parece tão lindo e azul lá fora que é difícil se concentrar em qualquer outra coisa. De repente, no meio daquele céu que o acompanha, ele pensa ver uma pequena mancha branca em movimento. A princípio, ele pensa que se trata de uma estrela cadente e até tem aquele velho impulso de fazer um pedido. Mas não, ele rapidamente percebe que o que vê não é uma estrela, é algo ainda mais fascinante.

Uma peça de xadrez atravessa o espaço sideral.

Uma pequena nave episcopal branca que do alto faz sinais para ele, tentando um resgate.

O homem que torturava diz que o corpo do sr. Alonso Gahona, o companheiro Yuri, foi enrolado em um plástico e depositado no porta-malas de um carro. O homem que torturava diz não saber qual foi seu destino, mas suspeita que tenha sido jogado ao mar.

Imagino o corpo do companheiro Yuri afundando em algum lugar da costa chilena. Talvez perto das praias de Papudo. Talvez não. Imagino-o mergulhando nas profundezas daquele mar azul que o major Gagarin pôde ver do espaço, tingindo todo o planeta. A Terra é azul, disse pelo rádio, olhando pela janela redonda para o mar onde o companheiro Yuri dormiria anos depois e para sempre. A Terra é azul e bela, disse ele, e daqui, que a História o registre, por favor, nunca se esqueçam: não se ouve a voz de nenhum deus.

Sem querer querendo, fui me envolvendo cada vez mais.
De repente, deixei de ser quem eu era.

Eu poderia culpar meus chefes.
Eu poderia dizer que eles me transformaram.
Mas a gente sempre é responsável pelo que acontece conosco.

Eu sei porque já vi pessoas que não se traem.
Pessoas que podem estar com a merda
até o pescoço e não se entregam.
O Quila Leo, por exemplo.
Ele foi um prisioneiro que passei a admirar.

Seu nome era Miguel Rodríguez Gallardo.
Era torneiro, tinha três filhos pequenos.

Bateram-lhe com força mas ele nunca falou.
Aplicaram-lhe choques, espancaram-no,
enforcaram-no, prenderam-no.
E ele não falou.
O Quila inventava maneiras
de manter a cabeça fria e não desmoronar.

O Quila ouvia os sons com atenção,
concentrava-se nos cheiros, nas temperaturas,
nas formas e na cor do que via quando não estava vendado.

Estão comigo no aeroporto de Cerrillos, ele me disse um dia.
Como você sabe? Aqui pode ser Pudahuel ou
a Base Aérea de El Bosque.
Todos os dias ouço as instruções da torre de controle
e nunca noticiaram a saída de um avião de combate
ou de passageiros,
tem de ser Cerrillos, disse ele, e tinha razão.

Quando o levaram para o Ninho 20, ele adivinhou onde estava.
Este é o ponto de ônibus 20 da Gran Avenida, disse ele.
A sirene que toca e marca a hora é do corpo onde fui bombeiro.

O Quila sabia quando era de dia.
O Quila sabia quando era de noite.
O Quila sentia o perfume das flores
e adivinhava a mudança de estação.

Nas vezes que ficou trancado no armário,
procurava desenhos nas tábuas de madeira
e com eles inventava histórias,
inventava contos.

Ele nos reconhecia pelos passos.
Dependendo de como caminhávamos,
ele nos chamava pelo nome
e sempre acertava em cheio.
Sua cabeça era firme, muito mais firme que a minha.

Uma noite, mandaram me chamar.
Me disseram para colocar lanças, pás, algumas metralhadoras
e vários litros de combustível em uma caminhonete.
Então nos passaram uma lista de presos.
Tínhamos de amarrá-los e vendá-los.
Um deles era o Quila.
Ele estava conosco havia mais de quatro meses.

Eles vão te libertar,
menti para ele enquanto o vendava.
Sim, ele me disse. Vou para a liberdade, mas não vou para casa.

Antes de amarrá-lo, ele apertou minha mão.
Me fez um carinho.
Dei-lhe um cigarro que ele agradeceu.

Comecei a chorar enquanto o amarrava.
Eu chorava baixinho, tentando não deixá-lo saber,
mas nós dois sabíamos o que ia acontecer.

O Quila saiu com os outros presos na caminhonete.
Eu fiquei com a carteira de identidade dele.
Também com sua carta de motorista,
com seu relógio, com sua carteira.
Tive que sumir com tudo.
Queimei e enterrei, a mesma coisa que fizeram com ele.

Um dia, pouco tempo atrás, eu estava no carro com um colega.
Tinham atropelado uma pessoa.
O corpo estava em pedaços
sob as rodas de um ônibus.

Meu colega passou bem devagar, notei que ele gostava de assistir.
Não consegui, virei o rosto.
Eu sei de mortos.
Em todo esse tempo eu vi muitos,
mas mesmo assim não consegui olhar.
Estávamos comendo um sanduíche.
Meu colega não parou de comer. Ele o comeu inteiro.

Antes éramos recrutas inocentes. Tolos. Sem mundo.
Agora podíamos comer um sanduíche olhando para um morto.

Pensei no Quila.
Pensei em quanto chorei quando o mataram.
Eu o imaginei ali, ao ar livre, antes de atirarem nele.
Estamos em Peldehue, ele deve ter adivinhado sob a venda.
Chorei devagar, às escondidas, sem que ninguém percebesse.
Depois ficava com pena, me dava um nó na garganta.
Depois suportava o choro.
Depois parei de chorar.
Sem querer querendo, me acostumei.
No fim, não sentia mais nada.

Eu havia me tornado outra pessoa.
Alguém que se levanta e se deita com cheiro de morto.

Não quero que meus filhos saibam o que eu fui, diz ele. Vou voltar ao meu trabalho e pagar o preço pelo que fiz. Não me importo se me matarem.

O advogado esteve três dias tomando seu depoimento no salão paroquial. Imagino que estejam cansados e tontos de tanto gravar.

Se estou fazendo isso é para que não haja mais mortes, responde. Você está nos ajudando com a verdade, mas não em troca de sua vida. Não faremos nada com seu depoimento se não o deixarmos em segurança primeiro.

Imagino que passe um longo momento.
Imagino que o silêncio e a fumaça do cigarro preencham o ambiente.
Imagino que tomem café. Que alguma freira entra e sai em silêncio.
Imagino que por um momento, talvez por um breve momento, o homem que torturava se veja ali, estampado em uma daquelas fotografias que ainda o observam do tampo da mesa.

Lembre-se de quem eu sou, continuam dizendo a ele.

Lembre-se de onde eu estive, lembre-se do que fizeram comigo.

Onde me mataram, onde me enterraram.

É um grande coro. Rostos sorridentes, olhos luminosos, todos posando para a câmera em algum passeio, reunião ou festa, com um familiar ao seu lado, com filhos, irmãos, amigos, naquele passado feliz do qual todos alguma vez participaram. Um lugar distante e agora inexistente, que também foi vedado a esse homem que os olha. Ele imagina que é mais um rosto entre essa gente perdida. Ele se vê com seus próprios filhos e sua esposa, talvez também com seus pais que ele não vê há muito tempo. Fazem de conta que estão em uma praia de Papudo, tomando sol e comendo ovos cozidos, descansando depois de um piquenique e de um bom mergulho no mar, com os pés cobertos de areia preta. Parecem felizes levando uma vida que nunca tiveram. Uma que ele não conseguiu viver porque, sem saber, entrou naquela dimensão paralela e obscura onde qualquer fotografia como essa faz parte de uma realidade antiga ou simplesmente inexistente.

Tem razão, ele diz. Não vou voltar para o meu trabalho. Vou desertar na sua frente.

Imagino que o homem que torturava põe a mão no bolso. De uma carteira velha tira o cartão de identificação como membro das Forças Armadas. Andrés Antonio Valenzuela Morales, primeiro soldado, carteira de identidade 39.432 da comuna de La Ligua. Ao centro está uma fotografia com o número 66.650, que não imagino, que vejo aqui, em uma fotocópia que o próprio advogado me deu anos depois, quando falávamos desse momento. Na foto, o homem que torturava posa para a câmera de uniforme, bem penteado e barbeado, sem bigode. Olhos bem abertos. Três sulcos profundos na testa, rugas excessivas para a idade que tem. As duas águias metálicas da Força Aérea aparecem na lapela de seu impecável traje militar.

O advogado recebe o cartão.
No salão paroquial, efetua-se a deserção.

O rosto do homem que torturava permanece ali, na mesa, exposto no cartão de identificação. Encontra-se exatamente como imaginou, no meio dos outros rostos. Do de Contreras Maluje, do sr. Alonso Gahona e do Quila Leo. Eles e todos os outros começam a se inquietar, ali de suas próprias margens fotográficas, ao sentir sua presença. Parecem confusos. Olham para o homem que torturava, espiam-no com curiosidade, tentam se aproximar de sua foto para poder observá-lo melhor. Imagino que do canto esquerdo, José Weibel tira os óculos grossos com que aparece em seu retrato e esfrega os olhos tentando clarear a visão e reconhecer esse novo homem que chegou à mesa. Uma vaga lembrança do dia de sua prisão lhe obscurece a mente. Saindo de um canto, coberto por outras fotografias, Carol Flores se aproxima do homem que torturava para apresentar seu filhinho que carrega nos braços, enquanto o companheiro Yuri, de peito nu, daquela praia de onde está fotografado, chega para convidá-lo a entrar no mar.
Venha, Papudo, diz ele, vamos entrar na água.

O homem que torturava não sabe o que fazer.
O homem que torturava veste seu uniforme, não pode entrar no mar de roupa.

O homem que torturava lembra-se da mulher, com quem mal fala, dos filhos, com quem já não brinca, dos pais, a quem já não vê, e sente uma vontade incontrolável de se lançar ao mar. Não sabe onde está, não entende que praia é essa, mas nada disso lhe importa; ele tira o paletó com aquele par de águias metálicas, depois a camisa, a gravata, as calças. Seu uniforme fica enterrado na areia. Parece a pele usada de uma cobra, restos de um corpo que não lhe serve mais.

Estamos na sua praia, Papudo, escuta uma voz gritando com ele de algum lugar.

Concentre-se e reconheça a cor da areia, Papudo, o grasnar das gaivotas, o barulho das ondas.

De repente, tudo se torna familiar.

Enfim agora faz parte daquela festa antiga e coletiva a que antes só assistia de longe. O homem que torturava corre nu, sente o calor do sol em seu rosto, o ar fresco batendo em seu corpo. Os dedos dos pés começam a preencher-se daquela areia quente e negra da praia onde nasceu, e ao longe julga ouvir o riso de um dos filhos jogando bola. O homem que torturava chega à beira-mar e então o vê. É o Quila Leo, o querido Quila Leo que mergulha e chapinha nu entre as ondas.

Estamos na sua praia, Papudo, diz de novo. É a sua praia. Você a reconhece agora?

Sem pensar, o homem que torturava atira-se ao mar, submergindo finalmente nas águas daquele planeta perdido do qual só restam os vestígios que aparecem em desordem sobre a mesa do salão paroquial.

De lá, eu o ouço gritando para mim.
Lembre-se de quem eu sou, ele diz.
Lembre-se de onde estive, lembre-se do que fizeram comigo.

ZONA DE FANTASMAS

Imagino-o escondido no chão de um furgão. Não sei que roupa veste. Nem se ele se barbeou. É possível que já não use os bigodes grossos e escuros ou, pelo contrário, os use com uma barba cerrada para despistar a quem possa reconhecê-lo. Meses se passaram desde o depoimento prestado à jornalista e ao advogado. Desde então, espera no mais completo esconderijo que se deem as condições para que possam retirá-lo do país. Sabe que seus superiores estão procurando por ele. Sabe que se for pego é um homem morto. É por isso que hoje ele se move secretamente para realizar um trâmite que lhe permitirá sair. Ele viaja escondido no chão de um furgão de entregas da conhecida Livraria Manantial.

 Embaixo de muitos artigos empacotados está ele. Livros escolares, cadernos universitários, caixas com lápis e borrachas que se movem com cada volta do volante. Sente o peso dos pacotes nas costas e nas pernas. Mal pode ver em meio a tantos pacotes. O barulho da cidade chega da rua. Ouve os motores dos carros, as buzinas, a voz de um locutor de rádio. Suas mãos transpiram. A cabeça também. A viagem foi mais longa do que ele calculava. Mas nesse momento sente que o motor do furgão diminui a velocidade, que o pisca-pisca começa a soar com seu barulho característico, que a embreagem faz as mudanças pertinentes, e com todas essas informações já sabe que estão estacionados em frente a uma igreja. Especificamente, a igreja de Nuestra Señora de Los Ángeles, na avenida El Golf, na parte alta da cidade.

Vamos esperar aqui, ouve a voz do advogado na parte da frente do furgão.

Ele não responde. Obedece em silêncio, sabe a que se refere, já discutiram isso. A qualquer momento um carro chegará e um funcionário sairá dele para tirar as impressões digitais para sua nova identidade. Em poucos dias, terá em mãos o passaporte que lhe permitirá viajar para o Sul e cruzar a cordilheira até a Argentina. De lá, ele pegará um avião para a França, onde o esperam para ajudá-lo em sua nova vida. Mas ainda falta muito para isso. Por enquanto, é só manter a calma e aguardar o funcionário. Tudo vai acontecer dentro do furgão. Da igreja, sem que ninguém perceba, olhos cúmplices espreitam, prontos a apoiar. No caso de serem descobertos, em uma verdadeira emergência, a embaixada da Espanha, que fica a poucos quarteirões de distância, os aguarda para lhes dar asilo. Se não forem pegos na rua e conseguirem chegar à embaixada, de lá seguirão em carro diplomático até o aeroporto, e do aeroporto pegarão um avião para Madri. Sem malas, sem despedidas, sem plano, sem passaporte. Mas ninguém quer uma verdadeira emergência. Têm mantido todas as precauções, e nem a Força Aérea nem os serviços de segurança devem saber que estão ali naquele momento.

Imagino que o advogado ligue o rádio enquanto esperam. Das caixas de som começa a se escutar alguma música da época, dezembro de 1984. Tento lembrar o que tocava na rádio e a primeira coisa que me vem à cabeça é aquela música da trilha sonora do filme Os Caça-Fantasmas. Por alguma razão, imagino essa cena com aquela música de fundo. *If there's something strange/ in your neighborhood/ who you gonna call? Ghostbusters!*, repetia o refrão várias vezes. E na tela eu me lembro de um jovem Bill Murray com dois parceiros carregando metralhadoras, que eram armas realmente sofisticadas para lidar com aquelas presenças que ninguém via, aqueles seres fantasmagóricos que só eles podiam localizar e destruir com um raio. Não creio que o advogado tenha gostado particularmente dessa música, nem mesmo que tenha ido ao cinema ver o filme, mas no momento não interessam seus gostos, o que importa é parecer quem não é. Especificamente, um motorista de entregas da Livraria Manantial que distribui mercadorias pela cidade enquanto cantarola uma música popular.

Um carro para nas proximidades.
Nele vem um funcionário do cartório.
O advogado reconhece seu contato. De longe eles trocam olhares.

O funcionário sai do carro e entra dissimuladamente no furgão. Na parte de trás, ele começa a fazer seu trabalho com o homem que torturava. O trâmite é breve, não deve demorar muito. Formulários já preparados, assinaturas, impressões digitais.

O advogado vigia. Tudo parece normal na rua. Ninguém da vizinhança imagina o que está acontecendo dentro do caminhão. Uma mulher leva uma criança pequena para passear. Duas avós passam calmamente pela frente da igreja. Sorriem para ele quando encontram seu olhar. *If there's something strange/ in your neighborhood/ who you gonna call? Ghostbusters!*, segue o rádio.

Um furgão dos carabineiros aparece na quadra. Avança lentamente e se detém para observar o veículo da Livraria Manantial. O advogado rapidamente pega uma guia de entregas e desvia o olhar dos carabineiros que passam ao seu lado. Ele cantarola a música do rádio enquanto finge trabalhar e com um lápis marca sabe-se lá o quê em uma lista de entrega imaginária. Os tiras, adverte com dissimulação.

Atrás, o homem que torturava transpira pelo calor de dezembro e por seus nervos. Sua impressão digital não está impressa no formulário. A tinta escorre de seus dedos úmidos e quando ele toca o papel deixa apenas manchas, linhas borradas de uma identidade desfocada. Eles tentam mais uma vez. Duas, três, quatro vezes, mas não funciona. A angústia toma conta do furgão. Por um breve momento, o homem que torturava imagina que seu corpo está se dissolvendo. Que seu rosto não é mais seu rosto, que ele mesmo não passa de uma sombra ou reflexo do que foi ou é. Uma mancha tão negra quanto as que deixa em cada formulário. Suas impressões digitais são essenciais para qualquer documento de identidade, por mais falso que seja. Sem elas não haverá cartão de viagem para ir até o Sul, até a fronteira com a Argentina, não haverá passaporte para sair do país. Mas os formulários vão se amassando e sendo descartados a cada tentativa fracassada. E quanto mais formulários se perdem, mais suor, mais nervos, e o processo se alonga e os poucos minutos se transformam em horas. A passagem dos carabineiros parece acontecer em câmera lenta, como se o relógio de *A dimensão desconhecida* estivesse funcionando e o tempo tivesse estagnado naquela rua e não passasse de um parêntese.

O que fazer se os carabineiros decidirem revistar o furgão?
O que fazer se abrirem as portas traseiras?
O que fazer se forem avisados e rastrearem a vizinhança para descobri-los e prendê-los?

O advogado pensa na embaixada da Espanha. Ele se imagina pisando fundo no acelerador e dirigindo a toda a velocidade para chegar àquela fachada e passar rapidamente para o outro lado do portão. Imagina-se rompendo de súbito a tranquilidade aparente deste bairro, surpreendendo as avós que ainda caminham perto da igreja, surpreendendo a mulher do carro. E enquanto ele imagina sua saída intempestiva de país e seu futuro incerto no exílio, suas mãos suam, as pontas dos dedos ficam escorregadias, da mesma forma que as do homem que torturava, que já está no quinto formulário amassado no chão do furgão. Cinco identidades anuladas pela indefinição dessas digitais caprichosas.

If there's something strange/ in your neighborhood/ who you gonna call?

O que se segue acontece com rapidez e discrição.

O funcionário sai do furgão. Está com os formulários assinados e as impressões digitais finalmente impressas. Respira com dificuldade, o nervosismo ainda faz suas pernas tremerem levemente. Em seguida, ele entra no mesmo veículo em que chegou. Em alguns dias eles voltarão a se comunicar com os documentos prontos. Sem olhar para seu contato, o advogado liga o motor. Pisa no acelerador com suavidade e desce a rua com calma, sem levantar suspeitas. Pelo espelho retrovisor, ele vê as avós e a mulher no carro. Também vê os carabineiros se afastando. De repente deixaram de ser um perigo. Da janela de seu furgão eles observam outras pessoas, outros carros. Ou talvez não vejam nada. Estão simplesmente cantando uma música no rádio ou comentando alguma notícia do dia. Continuam com sua ronda diária sem desconfiar que na caminhonete da Livraria Manantial viaja escondido sob muitos pacotes um homem sem identidade, que neste momento abandona o bairro. Um verdadeiro fantasma.

Sim, às vezes sonho com ratos.
Com quartos escuros e com ratos.
Com mulheres e homens que gritam, e com cartas como a sua,
que vêm do futuro perguntando sobre esses gritos.

Não sei o que responder.
Já não entendo o que dizem esses gritos.
Tampouco o que dizem as cartas.

Acabei de assistir a um programa na tevê chamado *Jogos da mente*. Um apresentador conduz uma série de exercícios e situações em que a capacidade mental do espectador é posta à prova. Por meio desses jogos, magos, neurocientistas e filósofos desfilam pela tela tentando explicar os vários mistérios do cérebro humano. O episódio ao qual acabei de assistir é sobre a cegueira por desatenção. Ou, para ser mais clara, sobre como o cérebro vê o que quer ver. O apresentador diz que normalmente supomos que vemos o que nossos olhos têm à frente, mas que a verdadeira mágica está no que nosso cérebro faz com a informação. Sem o sentido com que o cérebro ordena e interpreta, o que vemos seria uma coleção aleatória de formas e cores. No entanto, todo esse grande poder de processamento também tem seus limites, diz o apresentador, e para isso se estabelece o primeiro jogo.

Na televisão, vemos quatro bolinhas de futebol. Cada uma está localizada em um dos cantos da tela. O apresentador nos pede para escolher uma das quatro e nos concentrar nela. Eu escolho a do canto superior esquerdo. Então sigo a instrução e me concentro. Não olho para as outras três, conforme instruído, apenas olho para minha bolinha no canto superior esquerdo. Ao fazer isso, ouço a voz do apresentador que está descrevendo exatamente o que se passa diante de meus olhos neste momento: as outras três bolas começam a desaparecer da tela. De um momento para o outro, só vejo a bola que escolhi. O engraçado é que quando eles me dão a instrução de expandir meu olhar para o resto da tela novamente, percebo que as outras três bolas sempre estiveram lá. Meus olhos as viram, mas quando me concentrei em apenas uma, meu cérebro parou de interpretar as outras. Ele as tornou invisíveis.

Durante a Primeira Guerra Mundial, os alemães usaram uma de suas armas mais temíveis, os U-boot, submarinos difíceis de bombardear porque nunca vinham à tona. Segundo o apresentador do programa, depois de inúmeros ataques devastadores, a tripulação de um navio da Marinha britânica teve uma ideia excêntrica. Para fazer emergir os submarinos e poder atacá-los, eles disfarçariam seu barco como um inofensivo cruzeiro de recreio. Os submarinos veriam através de seus periscópios que não havia perigo e sairiam à superfície confiantes, sem saber que o ataque era iminente. Para realizar essa operação de dissimulação, os ingleses precisavam de um elemento-chave que não existia nos navios de guerra: as mulheres. Dessa forma, foi decidido que parte da tripulação deveria se disfarçar. De braço dado com seus companheiros, muitos dos marinheiros travestidos andavam pelo convés fingindo ser as felizes esposas de algum casamento de turistas, ou amigas que conversavam tomando um ar marinho, como viajantes descontraídas. A ideia maluca funcionou. Algumas lentes de um periscópio de um submarino capturaram a imagem e a tripulação alemã rapidamente assumiu que não havia perigo aparente de flutuar. Segundo o apresentador do programa, em 15 de março de 1917, o navio-isca britânico atacou o primeiro dos submarinos que seriam destruídos por meio desse estranho procedimento.

Os alemães viram homens vestidos de mulher no convés de um navio de guerra. No entanto, o que eles processaram dessa imagem foi que estavam diante de um cruzeiro de lazer. Eles rapidamente assumiram detalhes que se encaixavam em uma ideia preconcebida, tomaram como certas as informações que desconheciam, inferiram e deturparam os dados objetivos que tinham de seus olhos. Graças a um pequeno truque dos ingleses, os alemães decidiram ver uma única bola de futebol.

O truque, diz o apresentador, é aquele que faz a mágica.
Não importa o que você vê, importa o que você acredita que vê.

Há alguns meses, nessa mesma tela na qual acabei de ver *Jogos da mente*, M e eu vimos um especial sobre as montagens comunicacionais da ditadura. M é o pai de meu filho. Se isso fosse um exercício de *Jogos da mente*, qualquer um que nos visse trabalhando durante o dia em nossa casa inferiria que ele é meu marido. No entanto, a voz do apresentador esclareceria o erro, porque não somos casados. Se o leitor tivesse prestado muita atenção aos dados objetivos levantados ao longo deste livro, teria imaginado a presença de M. Uma presença lateral, talvez fantasmagórica, mas uma presença mesmo assim. Ele até foi mencionado em um capítulo como o pai do filho da narradora, mas alguém pensou nele enquanto chegamos a essa parte da leitura? Tenho certeza de que não. Ninguém o imaginou direito. O truque foi não focar a atenção em M. Até agora, quando dou a instrução de parar de olhar para o canto superior esquerdo e ver a tela inteira.

M e eu estamos deitados na cama assistindo à televisão. M não é meu marido, mas também não é meu namorado. Eu deveria dizer que é meu parceiro, ou meu companheiro, mas esses termos me parecem tão cafonas. Órfã da palavra que define nosso relacionamento, resolvi chamá-lo de M. Eu dizia então que juntos assistimos a um especial sobre montagens da ditadura. Estamos um tanto obcecados com o assunto e quando reportagens como essa são anunciadas, nos preparamos para ver. O programa foi dedicado a rever várias das encenações que foram montadas para manejar a verdade. Muitos dos meios de comunicação foram usados repetidamente como veículos para desinformar e mentir. De fato, a Televisión Nacional de Chile, a televisão estatal, foi intervencionada militarmente e utilizada nesta importante frente de batalha: a manipulação da realidade, a arte de nos fazer ver apenas uma bola de futebol.

As primeiras imagens de que me lembro são as da visita de um delegado da Cruz Vermelha Internacional ao campo de prisioneiros de Pisagua, meses depois do golpe militar. Uma equipe da Televisão Nacional fez o registro da visita. Nele vimos um grupo de presos magros e desgrenhados tomando banho de mar de cuecas e jogando futebol na praia. Enquanto vemos essas imagens, são entrevistados três presos que, com voz tímida, dizem que o tratamento que recebem no acampamento é maravilhoso, que se sentem em uma verdadeira colônia de férias. Inevitavelmente, M e eu caímos na gargalhada. A imagem é patética. Tudo é grosseiramente manipulado. Parece o ato de um programa humorístico no estilo de Monty Python. Um sketch triste, uma piada negra e cruel, mas ainda assim uma piada.

Seguem-se conferências de imprensa e falsos testemunhos. Supostos confrontos, supostos guerrilheiros, supostos suicídios, supostos achados de supostos arsenais de armas e documentos. E entre os supostos dos supostos aparece uma montagem do ano de 1983.

Fazia uma semana que o MIR, o Movimiento de Izquierda Revolucionaria, havia realizado um atentado no qual foi morto o prefeito de Santiago, o general Carol Urzúa. As represálias foram rápidas e, além de prender os responsáveis, dias depois agentes do CNI, o Centro Nacional de Informações, cercaram dois esconderijos do MIR e mataram cinco de seus integrantes, mostrando o ocorrido para a imprensa como confrontos brutais.

M se lembra bem dessa notícia. Era um menino, tinha doze anos e morava muito perto da rua Fuenteovejuna, onde ficava uma dessas casas de segurança do MIR. M conta que era cedo, por volta das oito da noite, quando foram ouvidas explosões no bairro. Naquela época, é preciso dizer, às vezes ouviam-se explosões nos bairros. A política de sua mãe era trancar a porta do apartamento toda vez que houvesse blecaute ou passagem de helicópteros ou explosões como essa, fossem perto ou longe do prédio onde moravam. Assim, no apartamento de M, a porta foi rapidamente trancada, como medida de segurança intransponível, e continuou-se com a rotina noturna. Pôr a mesa, servir o jantar, ajeitar as roupas e o material escolar para o dia seguinte.

M diz que esperou por alguma informação no noticiário, mas não se lembra de nada ter saído. Foi depois, tarde da noite, que um extra interrompeu a programação. Lá, M deve ter visto a mesma notícia que vimos no especial. Um jornalista relata que na rua Fuenteovejuna, 1330, no distrito de Las Condes, três extremistas, dois homens e uma mulher, foram mortos depois de um confronto espetacular que terminou em um grande incêndio. Os extremistas, vendo-se encurralados pela polícia, decidiram queimar todos os documentos comprometedores que guardavam no esconderijo, iniciando um incêndio que, no momento da nota, ainda não tinha sido totalmente apagado pelos bombeiros.

M deve ter visto aquela casa quando era criança e andava de skate pelo bairro. Uma casa térrea, branca, de alvenaria, com um pequeno quintal na frente e portão na entrada. No entanto, nunca reparou nela. Seus olhos a viram, mas seu cérebro não processou. Só naquela noite, ali, diante da tela de sua velha televisão dos anos 80, ele seguiu as instruções, como todos os que assistiam ao noticiário, e se concentrou na casa, apenas nela e no que a voz do jornalista lhe dizia.

Deitados em nossa cama, assistimos ao noticiário como o país inteiro deve ter visto em 1983. Observamos o grande movimento do lado de fora da casa em chamas. O jornalista dizia que os extremistas foram interceptados por carabineiros em um controle de rotina a poucos quarteirões da casa. O jornalista dizia que, ao serem surpreendidos, sacaram suas armas e atiraram enquanto fugiam para se esconder. O jornalista dizia que os extremistas atiraram lá de dentro para matar, provocando um tiroteio dramático que felizmente não feriu nenhum policial uniformizado. O jornalista falava em meio aos sirenes da polícia, ouvia-se a sua voz entrecortada pelo som de alguns transmissores de rádio, pelas vozes dos bombeiros, de outros jornalistas, de agentes e carabineiros que perambulavam por ali.

Sentei-me na cama, aproximando-me da tela para assistir com atenção. Tudo parecia desbotado e cinza, assim como minhas lembranças daquela época. Olhei detalhadamente cada canto da imagem, ciente de que não deveria desviar a atenção de nenhum lugar, de nenhum segundo plano. Observei cada rosto que cruzou meu caminho, segui-o com um interesse obsessivo, com olhar de espião, porque no meio de toda aquela agitação, camuflado entre as sombras e a fumaça, talvez focalizado por um segundo pelas câmeras ou escondido nos bastidores da cena, eu sabia que ele estava lá. O homem que torturava.

Vamos abrir essa porta novamente. Atrás dela encontraremos uma dimensão diferente. Um mundo que sempre foi escondido pelo velho truque que nos faz procurar em outro lugar. Um território vasto e escuro, que parece distante, mas que está tão próximo quanto a imagem que o espelho nos devolve diariamente. Vocês estão atravessando para o outro lado do vidro, diria o intenso narrador da minha série favorita. Vocês estão entrando na dimensão desconhecida.

O homem que torturava conta que em 7 de setembro de 1983 eles foram convocados para uma grande operação. Por volta das oito da noite, ele e um grupo de sessenta agentes chegaram ao estacionamento de um supermercado. Enquanto os santiaguenses do bairro alto faziam suas compras e lotavam seus carros de sacolas cheias de mercadorias, os sessenta agentes aguardavam instruções. O homem que torturava conta que um jipe da CNI chegou ao local com a instalação de uma metralhadora. Uma calibre 30, é o que ele diz. Um oficial dos carabineiros explicou a eles que o objetivo da noite eram três extremistas que estavam em um esconderijo na rua Fuenteovejuna. Seus nomes eram Sergio Peña, Lucía Vergara e Arturo Villavela, conhecido pelo codinome El Coño Aguilar, peça-chave na organização do MIR. Os autores materiais da morte do general Carol Urzúa já haviam sido presos, mas essa ação foi deliberadamente focada em acabar com a liderança do movimento e dar sinais claros de quem estava no comando. O homem que torturava diz que o oficial dos carabineiros avisou que nenhum idiota deveria sair vivo daquela casa. Foi o que ele disse: nenhum idiota sai vivo, todo mundo morre. Essa foi a instrução que receberam. O homem que torturava diz que os sessenta agentes saíram do supermercado e foram direto para a rua Fuenteovejuna.

É quando M entra na história. Certamente os sessenta agentes passaram em suas caminhonetes perto do prédio de M. Certamente, enquanto minha sogra preparava o jantar, lá no décimo terceiro andar, os sessenta agentes estavam estacionados a poucos metros da casa de tijolos brancos de número 1330, tão perto do prédio de M. Lá montaram a metralhadora calibre 30 que pode disparar até mil tiros por minuto e esvaziaram as casas vizinhas, preparando o cenário da execução. Com certeza, enquanto M punha a mesa da janta e arrumava os garfos e colheres, os sessenta agentes ouviam pelo rádio o oficial que lhes deu ordem para iniciarem os disparos.

O que será que Sergio Peña, Lucía Vergara e Arturo Villavela estavam fazendo lá dentro?

Talvez estivessem preparando o jantar também. Talvez Sergio estivesse pondo a mesa. Talvez Arturo estivesse cozinhando algo para os três. Talvez Lucía estivesse arrumando colheres e garfos quando veio aquela explosão surpresa de balas. Talvez tenha sido ali, naquele primeiro minuto de tiroteio, que M e sua família sentiram o que chamam de primeira explosão. Talvez eles tenham parado de fazer o que estavam fazendo. Talvez M e sua mãe se olhassem de maneira estranha e até assustada. Talvez tenha sido lá que minha sogra correu para trancar a porta do apartamento. Talvez tenha sido lá que um oficial falou pelo megafone para o número 1330 da rua Fuenteovejuna. Saiam, ele disse. Que estavam cercados por forças de segurança, que se rendessem. Certamente M se debruçou em uma das janelas para tentar ver o que estava acontecendo e sua mãe lhe disse que não, para sair dali, para voltar à sala de jantar, para a mesa, para a refeição que seria servida em breve. Talvez M tenha obedecido e chamado seus irmãos no mesmo momento em que, pela porta do número 1330 da rua Fuenteovejuna, Sergio saiu com as mãos para cima. Certamente enquanto M e seus irmãos estavam sentados à mesa, os sessenta oficiais cumpriram a ordem de atirar novamente e Sergio caiu no chão crivado de balas. Foi provavelmente aí que um dos sessenta agentes lançou um sinalizador para dentro da casa e aquele barulho, mais o barulho das rajadas, foram ouvidos do décimo terceiro andar da torre onde M vivia como uma segunda explosão. O homem que torturava diz que Lucía respondeu atirando de dentro e que os sessenta agentes abriram fogo ininterruptamente por cerca de quatro minutos. O homem que torturava conta que, assim que o fogo cessou, eles entraram na casa e viram os corpos de Lucía e Arturo caídos no chão. O homem que torturava diz que recebeu ordens de levar os corpos para a rua. O homem que torturava conta que os cadáveres eram exibidos às câmeras e aos refletores da imprensa como verdadeiros troféus.

M me acompanha até Fuenteovejuna. É um domingo de fevereiro, não há ninguém nas ruas. O bairro é um lugar tranquilo e fantasmagórico sob o sol abrasador das cinco da tarde. A poucos quarteirões de distância, uma praça vazia. Balanços, escorregadores e bancos solitários à espera de melhores temperaturas para convocar alguém. No centro da rua, uma faixa central com árvores centenárias que se movem em contato com o ar escasso que circula. O silêncio é preenchido com aquele som suave dos galhos acima de nossa cabeça. Algo perturbador circula nesse lugar, posso sentir isso. É como se as construções tivessem consciência do que estou narrando e diante da memória a paisagem se calasse, tentando dar espaço ao que nossos olhos não podem ver, ao que aparentemente não existe mais.

O 1330 pouco tem a ver com a fachada que vimos queimando na tevê. Em seu lugar existe um sobrado com um portão alto e um muro amarelo que não deixa ver muito por dentro. Nós nos perguntamos quem pode morar em uma casa com uma história tão dramática. Seus habitantes saberão o que aconteceu trinta e três anos atrás? No interior, em meio a um pequeno e abandonado jardim, vê-se uma caminhonete cheia de sucata velha. Um ventilador, algumas caixas de papelão, alguns potes de tinta. Fico de olho no movimento lá dentro. Tento detectar a entrada ou saída de alguém, o correr de uma cortina, o aparecimento de um rosto na janela, mas nada acontece. Tudo parece perturbadoramente parado nessa casa e nessa rua.

Posso imaginar M aos doze anos andando de skate. O som das rodas na calçada sacode o espaço silencioso. Imagino M a toda a velocidade pela rua e esse simples ato revive esse cenário morto. Meu cérebro entra em curto-circuito, preenche as áreas escuras, tenta ver para além da informação dada e sinto a efervescência das múltiplas possibilidades que minha mente pode explorar nessa paisagem adormecida.

M em seu skate.
Ou não, melhor, M caminhando com os amigos, conversando e rindo.
Estão com uma bola de futebol. Vão chutando enquanto avançam. A bola se move de um lugar para outro, atinge cada um dos cantos dessa imagem mental. M e seus amigos atravessam a fachada do 1330. Param por um momento, estão prestes a tocar a campainha e sair correndo. Mas não fazem isso. Por

alguma razão arbitrária, tão arbitrária quanto minhas opções imaginativas, eles escolhem a casa ao lado. M e seus amigos tocam a campainha do 1332 e correm a toda a velocidade, fugindo com a bola, enquanto, dentro do 1330, Lucía, Sergio e Arturo levam uma estranha vida familiar. Eles permanecem ignorantes das correrias pré-adolescentes de M. Ignorantes de mim que os convoco hoje, e também ignorantes dos agentes que os vigiam há três meses.

Imagino Sergio atrás dessas paredes. Talvez leia um livro ou fume um cigarro ou tome um café na cozinha. Talvez converse com Arturo, ou assistam à televisão, ou escutem alguma coisa no rádio. Eu imagino e posso fazer as paredes falarem. Interrogo as silenciosas casas vizinhas, as janelas mudas que guardam informações por trás de suas cortinas cerradas. Imagino e dou testemunho das velhas árvores, do cimento que sustenta meus pés, dos postes de luz, dos cabos telefônicos, do ar que circula pesado e não abandona essa paisagem. Imagino e posso ressuscitar os vestígios do tiroteio. Minha mente entra em curto-circuito e, imaginando, refaz as histórias truncadas, completa as histórias pela metade, visualiza os detalhes não mencionados, ignora as instruções que me foram dadas e olha para todos os cantos da tela sem deixar nenhuma bola de futebol de fora.

Vejo Lucía sentada à mesa da sala de jantar no 1330. Está com lápis e papel e escreve uma carta de aniversário para sua filhinha Alexandra, na França sob os cuidados de sua avó. A carta será microfilmada e chegará à menina graças a alguma operação curiosa que não levante suspeitas nem ponha em risco a vida de ninguém. Nela, Lucía conta sobre seu desejo de abraçá-la e cantar seus parabéns ao vivo. Faz alguns meses que voltou ao Chile e sente muita falta dela. Ela também lhe escreve sobre o que está acontecendo em seu distante e desconhecido país. Conta sobre o primeiro protesto nacional organizado pelos trabalhadores do cobre. Diz que à noite as pessoas batem suas panelas em sinal de descontentamento e fome. Ela também fala da televisão e de um programa que ela viu e tem certeza de que a filha gostaria muito de assistir. Passa nos fins de semana. Quando Lucía o vê, ela a imagina ao seu lado, olhando para a tela e comemorando. É uma série para crianças chamada *Os Smurfs*. É uma cidade onde vivem apenas os Smurfs, que são como crianças que vivem em cogumelos e brincam alegremente na floresta. Dentre eles há apenas uma mulher chamada Smurfette que tem longos cabelos loiros, assim como Lúcia se lembra da filha. Há também um Papai Smurf que cuida deles, ela escreve vaticinando um possível futuro, mas eles não têm mãe.

Neste mesmo canteiro central onde M e eu ficamos de pé olhando para a frente do 1330, o homem que torturava deixou o cadáver de Lucía estendido. Se olharmos para baixo e usarmos nossa imaginação, podemos vê-la no meio da noite, estirada aqui aos nossos pés. Seu corpo crivado de balas está nu, ela está só de calcinha. Assim foi fotografada pela imprensa e assim apareceu no dia seguinte na primeira página dos jornais. Ou me lembro dela assim, porque foi assim que me mostraram, foi assim que recebi a instrução, sob o título "Extremistas assassinos do general Carol Urzúa morrem em um tiroteio espetacular". É assim que sua família deve tê-la visto, sua mãe na França, até sua filhinha quando deixou de ser pequena. Apesar dos anos e de toda essa avalanche imaginativa, ainda não consigo entender por que tiveram que despi-la para essa exibição grosseira. Como eles arrancaram o vestido dela? Quem tirou o sutiã? Quem roubou o relógio? Ou os brincos? Ou a corrente que talvez pendesse de seu pescoço? Para onde foram aquelas roupas? Quem acabou usando suas coisas? Que olhos viram aqueles seios nus? Que mãos tocaram a pele fria de suas coxas? Que palavras disseram ao despi-la? Que fantasia abjeta passou por suas cabeças pervertidas? O homem que torturava nunca se refere a isso. Em seu depoimento, ele não explica nem narra o momento em que Lucía foi despojada de suas roupas. Imagino que, se ele transferiu o corpo para a rua, deve ter participado do rito. Mas ele não aponta. Ele não assume isso. Ele me dá uma instrução em seu testemunho e quer que eu volte o olhar para outro lugar.

Se isso fosse um episódio de *Jogos da mente*, quem visse M e eu parados nessa rua pensaria que somos dois moradores desse bairro tranquilo curtindo um excêntrico passeio de verão sob os fortes raios do sol. Os olhos dos espectadores veriam apenas a calma, observariam o movimento tênue das copas das árvores e as fachadas silenciosas dessas casas do setor alto da capital. Como os alemães no submarino da Primeira Guerra Mundial, o periscópio mostraria essa paisagem e eles veriam um cruzeiro de lazer aqui. Não veriam Lucía nua no chão esperando por um lençol que por fim a cubra. Diante das informações que têm diante dos olhos, só lhes restaria assumir a primeira versão que seus cérebros apresentem. Se fosse um episódio de *Jogos da mente*, o apresentador encerraria o programa contando o que já sabemos. Que um simples truque é suficiente para ver apenas uma bola de futebol.

Uma vez, voltei de uma operação
  com as calças manchadas de sangue.
  Eu não percebi, mas minha esposa sim.
  Ela me perguntou se eu vinha do massacre
  que tinha passado na televisão,
  o do par de casas baleadas
  em Las Condes e na Quinta Normal.

Sempre mentia para ela, mas naquela noite não consegui.

Eu vi o rosto dela quando disse sim.
Seu rosto me deu medo.
Seu silêncio me deu medo.

Naquela noite, comecei a sonhar com ratos.
Com quartos escuros e com ratos.
Ratos que me miravam com olhos vermelhos.
Ratos que me seguiam e se trancavam comigo,
se esgueirando por entre
minhas calças manchadas de sangue.

Mario almoça com o pai e o tio. Seu pai não é seu pai e seu tio não é seu tio. Os nomes que eles usam também não são seus nomes, mas na representação cotidiana dessa vida escondida, Mario é Mario, seu pai é seu pai e seu tio é seu tio. Mario está de uniforme escolar. Ele tem quinze anos e voltou da escola. Agora que estão reunidos à mesa, seu tio que não é seu tio e seu pai que não é seu pai perguntam como foi. Para Mario, a questão é complexa. Há alguns meses ele voltou à escola, então não tem sido fácil retomar os estudos, os livros, os deveres de casa. Além disso, seu colégio não é seu colégio. É um novo, diferente do anterior, que ao mesmo tempo era diferente do anterior, do anterior e do anterior.

Foi mais ou menos, responde, e nem o pai nem o tio insistem porque sabem que no jogo dos papéis, nem os pais nem os tios falsos devem encher o saco.

O rádio está ligado enquanto eles comem. A voz de um locutor está relatando as notícias do dia. No ritual diário, Mario chega da escola e os três se sentam para almoçar ouvindo o noticiário. Eles provavelmente estão comentando o ataque ao general Carol Urzúa. Foi há uma semana e o rádio e a televisão só falam disso.

Quando terminam, o tio recolhe a louça e começa a lavá-la. Mario e seu pai conversam mais um pouco. Talvez eles estejam falando sobre a mãe de Mario, ela sim é sua mãe e é a esposa de seu pai que não é seu pai. Talvez falem de seus irmãos, que são de fato seus irmãos, mas no jogo da representação tiveram de se separar e viver vidas à parte. Eles foram para outra casa em outro país, enquanto ele ficou nessa casa, que também não é a casa dele, mas até certo ponto é porque aos quinze anos ele passou por tantas casas que nenhuma foi realmente dele. Ou talvez, em parte, todas elas sejam. A de La Florida, a de San Miguel, a de La Cisterna, a de Conchalí, a da paróquia de El Salto, onde morava com o padre. E agora ele está em Quinta Normal, mais precisamente na rua Janequeo, 5707.

A mãe de Mario trabalhava em uma associação de vizinhos na comuna de La Florida. Em várias ocasiões, enquanto ia a uma reunião de trabalho, percebeu que dois homens de bigode e óculos escuros a observavam, escondidos em um táxi ou em uma caminhonete. Preocupada, ela reuniu os quatro filhos e disse-lhes que se mudariam para o Sul, para a cidade de Valdivia. As crianças acataram a decisão e, quando chegou o dia da mudança, despediram-se dos colegas de escola, amigos e vizinhos do bairro, e pegaram um táxi em direção ao terminal de ônibus. Os sentimentos eram confusos. Por um lado, ficaram tristes por deixar sua casa, mas, por outro, sentiram uma grande empolgação com a ideia de viajar e conhecer um lugar distante. Como seria Valdivia? Como seriam os valdivianos? Fazia muito frio? Choveria tanto quanto dizem?

Com todas essas perguntas, Mario e seus irmãos seguiram no táxi por ruas desconhecidas a caminho do ônibus que os levaria ao Sul. Da janela, eles viram lugares nunca visto da cidade. Praças, parques, lojas comerciais, salas de videogame, outras pessoas, outras lojas, outros quiosques. Quando o carro finalmente parou, sua surpresa foi grande ao perceberem que não estavam no terminal de ônibus, mas em frente a uma casa na comuna de San Miguel, assim lhes disseram. As crianças ficaram em silêncio, sem entender o que estava acontecendo. Pegaram suas coisas, um tanto confusos, e uma vez lá dentro, a mãe explicou as regras de um novo jogo que eles iriam começar a jogar.

Essa casa era uma casa especial, disse-lhes. Tudo o que aconteceria dali por diante entre aquelas quatro paredes seria um segredo. As pessoas que viessem, as reuniões que fossem realizadas, os panfletos que fossem impressos, as conversas que fossem ouvidas. A partir daquele momento haveria coisas que não se podiam contar, que faziam parte de uma realidade secreta e indizível, uma dimensão oculta em que só eles, e mais ninguém, poderiam habitar. Além disso, não voltariam ao bairro nem visitariam os velhos amigos porque todos pensavam que estavam em Valdivia. A velha casa e o antigo bairro faziam parte de uma vida que já não existia. Agora a vida deles era esta: uma vida de jogos e segredos.

Nessa nova vida, Alejandro, também conhecido como Raúl, o pai não pai de Mario, foi a peça que se juntou ao tabuleiro. Alejandro e sua mãe se conheceram no trabalho dela e se apaixonaram. Agora, juntos formavam uma família. Quem desconfiaria de uma família assim, onde há quatro filhos que brincam na rua, que vão ao colégio na esquina, que compram sorvete na vendinha do outro lado da rua. Se uma das crianças sai brincando com sua bola, ninguém imagina que ela está fazendo uma varredura na vizinhança. Ninguém imagina que depois ela vai entregar um relatório aos pais indicando se há um carro suspeito, se há um desconhecido que dá o alarme. Se uma das crianças acompanha um adulto pela mão até encontrar outro, ninguém imagina que o que está realmente fazendo é levá-lo até um ponto de contato. Ninguém imagina que naquela casa cheia de crianças se cuida de companheiros feridos, se alojam companheiros perseguidos, se imprime *El Rebelde* na tipografia instalada no quarto dos fundos.

Mas, no jogo da representação, volta-se muitas vezes à estaca zero. A mãe não lhe contou isso, mas Mario e seus irmãos começaram a entender. Daquela casa de San Miguel mudaram-se para outra, depois para outra e depois para outra. Como se tivessem pisado em uma casinha que os obrigasse a voltar ao início, muitas vezes se encontravam em uma nova casa, com novos vizinhos, inaugurando uma nova vida que deixava a anterior em segredo.

Cada nova vida trazia uma nova escola. E cada nova escola exigia uma nova história para responder às perguntas dos novos colegas. Essa história não deveria ser a real, claro, muito menos parecida com a inventada na escola anterior. Jogando o jogo, Mario elaborou vidas que não teve, inventou nomes que não eram seus, fantasiou com falsos avós, parentes inexistentes, aniversários mentirosos, viagens irreais. Cada detalhe de cada uma das versões de cada uma das vidas teve de ser cuidadosamente coordenado com seus irmãos e seus pais para que ninguém se desviasse do roteiro. E assim em cada escola e em cada bairro a que chegava. Todas as novas casinhas em que ele pisou o obrigavam a representar sobre a representação. A inventar sobre o que já fora inventado. As fronteiras entre realidade e ficção tornaram-se tão tênues e aleatórias, tão confusas e emaranhadas em cada novo nível do jogo que, para sua própria segurança e sanidade, depois de um tempo, Mario e seus irmãos tiveram de interromper por um tempo sua vida escolar.

Aos treze anos, começou a trabalhar como comerciante no bairro do Patronato. Todos os dias ele se dirigia para lá conquistando um novo território. Aos poucos o tabuleiro foi se expandindo e, como no Banco Imobiliário, a cidade foi sendo coberta e colonizada por eles e pelo jogo do sigilo. Um de seus irmãos trabalhava como guardador de carros no Estádio Nacional, o que os levou a se concentrar em Ñuñoa. Depois foram vendedores em feiras livres em diferentes comunas. Depois se mudaram para La Cisterna. Depois saíram de La Cisterna. Depois foram para Conchalí. Depois saíram de Conchalí. Depois separaram-se e Mario foi para uma paróquia de El Salto onde foi acolhido por um padre espanhol. Depois outras casas. Outros bairros. Outros vizinhos. Outros amigos. E assim de casinha em casinha, de nível em nível, de vida em vida.

Escrevo enquanto meu filho comemora seu aniversário de quinze anos com um grupo de amigos. Estão na sala de jantar comendo e rindo. Daqui posso ouvi-los. Eles se conhecem desde os cinco anos de idade. Cresceram juntos, estudaram na mesma escola, trocaram os dentes, viram suas espinhas aparecerem, se envolveram com música, esportes, mulheres, com as ruas, e por tudo isso e por algumas outras coisas, agora eles dizem que são amigos. Uma linha histórica sem interrupções tem pautado sua relação. Tenho certeza de que há muitas áreas que meu filho não conhece sobre cada um deles, mas não tenho dúvida de que seus nomes são seus nomes, seus pais são seus pais, suas casas são suas casas e suas vidas são suas vidas.

Mario chegou ao número 5707 da rua Janequeo no início de 1983. A casa ficava em frente a uma policlínica. Era uma casa antiga, de tijolos aparentes, de fachada contínua, em cujo interior havia dois pátios nos quais cresciam árvores frutíferas. Lá eles dividiam o tabuleiro com novos jogadores. O tio José, que na verdade se chamava Hugo e que também não era tio consanguíneo dele, mais a mulher e os três filhos, que não eram primos de verdade, porém tinham de ser tratados como se fossem. De repente, eles estavam vivendo em contínua agitação. Eram tantas as peças para coordenar no jogo que a vida em Janequeo ficou mais divertida. Eram várias crianças e naquele verão aproveitaram as árvores frutíferas, a praça em frente, os jogos na rua, as mangueiradas no quintal, os almoços fartos na mesa da sala de jantar. A velha casa estava cheia de vida. Mas, apesar da energia efervescente que se respirava entre as crianças em Janequeo, lá fora se vivia um tempo complexo de protestos e panelaços e, enquanto a turma brincava, um táxi sem placa parava para espiar a esquina toda semana. Mario viu isso em suas varreduras diárias e deu a informação aos pais, como devia fazer. Assim, antes do final do verão, foi decidido um movimento estratégico. A tia, que não era sua tia, e seus três filhos, que não eram seus primos, deixariam o país para Cuba por sua segurança. Então, em maio, alguns meses depois, outra nova jogada foi decidida. A mãe, única coisa autêntica que restava a Mario, viajaria para fora do país. Uma das peças mais valiosas tinha de ser protegida e a única forma possível era retirá-la do tabuleiro. A mãe viajou para Cuba e seus irmãos foram alguns meses depois. Mario os viu sair com suas mochilas e malas e, quando o fizeram, sentiu o vazio daquela casa grande e velha, que não era sua casa, mas uma casa de mentira, pertencente a uma família de mentira com uma vida de mentira. Não haveria mais almoços fartos preparados para todos pelo tio José, nem tardes em frente à televisão, nem peladas na rua, nem mangueiradas no quintal. O tabuleiro estava começando a ficar vazio. Por alguma razão, ele não partiu e ficou na rua Janequeo, 5707 com Hugo, vulgo tio José, e Alejandro, vulgo seu pai Raúl, longe de sua mãe real e de seus irmãos reais, perpetuando a encenação, assumindo cotidianamente a representação, até chegar a este momento, a sobremesa do dia 7 de setembro de 1983.

Às 16h30 acontece a primeira jogada importante da tarde: Alejandro, vulgo Raúl, pai não pai de Mario, despede-se dele com um beijo na testa e sai da casa. Vai voltar mais tarde, ele diz.

Às 16h35, Hugo, vulgo tio José, senta-se com Mario na sala e conversa com ele sobre seus anos de estudante em seu país de origem, Argentina. É um momento divertido, mas às cinco horas Mario vai para seu quarto tentar estudar, porque, nessa vida de representações, tentar ser um bom aluno ajuda muito.

Às 18h, Mario fecha seus cadernos e pensa que Alejandro, vulgo Raúl, seu pai que não é seu pai, está demorando para voltar.

Às 19h50, Mario sente fome e sai do quarto.

Às 19h55, Mario encontra Hugo, vulgo tio José, na cozinha, preparando leite com banana.

Às 20h, Hugo, vulgo tio José, está preocupado com o atraso de Alejandro, vulgo Raúl, enquanto serve dois copos de leite com banana.

Às 20h05, Mario e Hugo, vulgo tio José, sentam-se para assistir ao noticiário na televisão.

Às 20h10, Mario levanta-se porque a notícia o aborrece e vai ouvir música no quarto.

Às 20h15, Mario põe no rádio uma cassete dos Los Jaivas e começa a ouvir Gato Alquinta cantar uma de suas músicas. Às 20h30, Mario ouve tiros na vizinhança. Não abaixa o volume do rádio, também não tira a música. Balas, helicópteros ou bombardeios são ouvidos de vez em quando em todos os bairros onde ele viveu suas vidas anteriores, então não há razão para se alarmar nesta vida.

Às 20h35, Mario ouve gritos.

Às 20h36, Mario ouve o disparo de uma submetralhadora e percebe que os tiros são contra a casa. Instintivamente, ele se joga no chão.

Às 20h37, ele começa a ver a fumaça saindo pelas frestas da porta de seu quarto. Às 20h40, sai pelo corredor escuro à procura de Hugo, vulgo tio José. Tio, ele grita para o vazio, mas ninguém responde. Às 20h41, ouve vozes. Às 20h42, percebe que são vozes de agentes. Às 20h43, sente outra rajada sobre a casa. Às 20h44, ele não entende como ainda está vivo depois dos tiros e sai correndo pelo corredor escuro e esfumaçado em busca de Hugo, vulgo tio José. Às 20h45, ele percebe que o tio não está nem na sala nem na cozinha, não pode ser visto em nenhum lugar. Tio, ele grita, tio, mas novamente não há resposta. Às 20h46, ele planeja se enrodilhar no chão e ficar lá, aconteça o que acontecer, mas às 20h47, ele pensa que não, que não pode ceder ao seu destino, que deve fugir, não importa para onde, sair de lá antes que outra rajada de submetralhadora o mate. Às 20h48, está no quintal. Às 20h49, sobe o muro que dá para a casa vizinha e, enquanto trepa, às 20h50, pensa em Alejandro, vulgo Raúl, seu pai que não é seu pai, pensa na sorte que teve por não voltar. A demora o salvou, acredita, e às 20h51 cai no quintal da casa vizinha enquanto continua a ouvir os tiros e a voz dos agentes, que chutam portas e jogam móveis no 5707, enquanto ele, às 20h52, tenta escalar o outro muro para seguir fugindo de quintal em quintal. Mas às 20h53 ele percebe que esse novo muro é muito alto, que está cansado, que seu corpo treme, que não é fácil sair de casa, que esta vida pesa muito sobre ele, que não conseguirá. Às 20h54, resolve tocar no vidro da janela do vizinho, que às 20h55 olha para o quintal quando ouve as pancadas e vê a silhueta de um rapaz de quinze anos que pede ajuda assustado.

É minha casa, diz o jovem quando são 20h56.

Isso que está acontecendo é lá na minha casa, diz às 20h57, e repete a mesma coisa novamente às 20h58 e às 20h59. É minha casa, minha casa, minha casa, e cada repetição é dita com a convicção de quem não mente.

Inevitavelmente convivo com garotos de quinze anos. Penso em Mario naquela noite de setembro de 1983. Talvez ele se divertisse com meu filho e seus amigos lá dentro. Em uma vida que ele não teve, nós o sentaríamos à nossa mesa para comer um pedaço de bolo e diríamos para ele ficar nesta casa o tempo que quisesse. Que não é preciso continuar escalando mais e mais muros.

Andres Antonio Valenzuela Morales, também conhecido como o homem que torturava, diz que esteve lá. Depois de levar o corpo de Lucía Vergara para a calçada central da rua Fuenteovejuna, recebeu a ordem de se deslocar com sua equipe para o outro extremo da cidade, para a comuna de Quinta Normal, especificamente para a rua Janequeo, nº 5707. Ele diz isso na minha frente, na tela do computador, em uma gravação feita na França, provavelmente no final dos anos 80.

Está sentado em um café escuro. Usa os cabelos compridos, bem diferente das fotos que vi dele. Cabelos grossos e volumosos, parece outra pessoa. Ao seu lado está Ricardo Parez, um mirista exilado, companheiro de Alejandro Salgado, vulgo Raúl, e Hugo Ratier, vulgo José. Ricardo o observa enquanto bebe um copo de vinho ou água. O homem que torturava fuma e responde às suas perguntas, porque esta é uma entrevista. Algo informal, de registro caseiro, mas que servirá de prova para um possível processo judicial no caso de Fuenteovejuna e Janequeo, naquele país distante que é o Chile nessa nova vida que ambos têm. É por isso que Parez pede que ele repita claramente algumas frases. Que tinham ordens de matar todos que morassem nas duas casas, por exemplo. Que a intenção sempre foi eliminá-los tanto em Fuenteovejuna quanto em Janequeo. Que sabiam perfeitamente que não eram os responsáveis diretos pela morte do general Carol Urzúa. Que essas mortes eram algum tipo de vingança.

O homem que torturava repete as frases com clareza, conforme solicitado, acostumado a cumprir ordens. Ambos parecem um tanto incômodos, mas tentam quebrar essa atmosfera e lançar frases coloquiais que soam fora de ordem. Parez pergunta a ele sobre o apelido de Papudo, e o homem que torturava explica que no serviço militar todos os seus companheiros eram do Sul e ele era o único daquela área e por isso o chamavam de Papudo. E os dois riem, e é estranho quando eles riem. Acho que eles próprios se sentem um pouco estúpidos, ou é o que parece.

A música de um tango em francês soa por baixo de suas palavras. O homem que torturava conta que quando ele e sua equipe chegaram a Janequeo a operação já havia começado. Todo mundo estava atirando, diz ele. O mesmo jipe que transportava a metralhadora em Fuenteovejuna estava no meio da rua fazendo seu trabalho contra a fachada do 5707, onde deveriam estar os miristas Hugo Ratier, vulgo José, e Alejandro Salgado, vulgo Raúl.

O homem que torturava conta que poucos minutos depois de chegar viu uma pessoa andando na rua com sacolas de comida. Essa pessoa parou para ver o que estava acontecendo. Era um homem. Poderia ter sido qualquer morador do bairro, mas logo foi identificado como Alejandro Salgado. Quando Alejandro, vulgo Raúl, o pai que não era o pai de Mario, viu como um grupo de agentes estava atirando na casa que não era sua, começou a correr, fugindo aterrorizado, assim como Mario estava fazendo naquele momento, pulando os muros do quintal. Alejandro passou perto da caminhonete onde estava o homem que torturava. O homem que torturava diz que o viu passar por eles e se agachou porque os outros agentes começaram a atirar nele.

Caiu perto de uma praça.
Não estava armado, mas um policial se aproximou e pôs uma pistola em sua mão.
Foi assim que apareceu no dia seguinte nos jornais.
Deitado no chão e com a pistola, como se tivesse atirado.
Eu o vi.

Um noticiário extra relatou naquela noite um confronto violento. Mario conseguiu ver na tevê do vizinho. Enquanto ouvia as vozes e os movimentos do outro lado do muro, viu na tela as imagens de sua casa. Havia carabineiros e agentes armados andando pelos corredores. Na mesa da sala de jantar, a mesma onde almoçaram havia algumas horas, aquela com a toalha de oleado com flores alaranjadas, havia papéis e muitos documentos de identidade falsos, além de um importante grupo de armas que ele nunca tinha visto antes. Granadas, munições, metralhadoras, pistolas. Se houvesse uma arma em casa, teríamos disparado para nos defender, pensou Mario. O locutor falava para a câmera com um microfone nas mãos e, enquanto caminhava exibindo armas e documentos, anunciou que as forças de segurança mataram dois temíveis terroristas em um confronto brutal.

O homem que torturava conta que, quando eles entraram na casa, os vizinhos disseram que havia um menino. O homem que torturava diz que encontraram o corpo de Hugo Ratier caído no chão, mas que o menino não estava lá.

Mario passou a noite escondido na casa do vizinho, a poucos metros do local do crime. No dia seguinte, eles saíram cedo pela porta da frente e caminharam até o ponto de ônibus. A frente da casa estava crivada de balas, os vidros quebrados, os caixilhos das janelas destruídos, a porta destrancada. Mario olhava tudo com dissimulação, como se fosse mais um vizinho do bairro, como se aquela não fosse sua casa, como se não tivesse vivido ali sua última vida. Os carabineiros ainda andavam pela rua, mas ninguém o notou. Ninguém estava procurando por ele, ou perguntando o que havia acontecido com a criança. Era como se ele nunca tivesse existido. Como se, de tanto viver invisível no jogo, o segredo tivesse se tornado outro segredo.

Eles pegaram um ônibus que os deixou no bairro Mapocho. Lá desceram e tomaram o café da manhã. Quando terminaram o café da manhã, o vizinho o levou até a oficina onde trabalhava. Disse a ele que, se precisasse de alguma coisa, poderia encontrá-lo lá. Então deu a ele algum dinheiro e os dois se despediram.

Mario caminhou sem rumo pelo centro de Santiago. Sem saber como, chegou à Plaza de Armas, ponto zero no tabuleiro. Eixo central de qualquer jogo. Lá tudo funcionava normalmente, parecia que nada havia acontecido. As pessoas iam para o trabalho, os ônibus lotavam as ruas, as lojas começavam a abrir, os velhos alimentavam os pombos. Por um breve momento ele desejou ser uma dessas pessoas. Ter uma vida, não uma lista interminável tão difícil de coordenar e lembrar. Ir apenas para uma escola secundária, talvez estudar alguma coisa depois, qualquer faculdade, trabalhar, encontrar uma mulher que o chamasse pelo nome, ter uma casa e não se mudar dela por pelo menos uma década. Ter filhos que não acordaria à noite para fugir, filhos com quem comemoraria seus quinze anos entre amigos, com um bolo de aniversário.

Numa banca, viu os jornais do dia e leu as manchetes. Em uma delas, pôde ver uma foto na qual aparecia o corpo de Alejandro. Ele estava deitado de costas com o rosto ensanguentado e uma pistola perto da mão direita. Era ele, seu pai não pai. A mesma pessoa que até ontem vivia ao seu lado naquela casa que não era sua casa, vivendo uma vida de mentiras, mas que, diante do ocorrido, era a única vida que tinha. Mario teve o impulso de gastar o pouco dinheiro que o vizinho lhe deu para comprar alguns jornais. Guardar aquelas fotos como lembrança ou prova, mas rapidamente mudou de ideia. Ele estava pautado pelo jogo e pelo segredo e agora, que não havia regras claras a seguir, nem casinhas para onde voltar, ele estava no ponto zero para começar mais uma vez.

Mario jogou mentalmente os dados e, caminhando, se perdeu na cidade.

Sim, às vezes sonho com ratos.
Com quartos escuros e com ratos.
Com homens e mulheres que gritam
e com cartas que vêm do futuro
perguntando por esses gritos.

Já não me lembro do que dizem os gritos.
Tampouco o que dizem as cartas.
Só me restam os ratos.

Fiz um tratamento com um psiquiatra
para me livrar deles.
Ele me mandou fazer um encefalograma.
Vi minha cabeça em uma radiografia.
Procurei os ratos ali para cortá-los com uma tesoura,
mas não os vi, estavam camuflados nas sombras do negativo.

Fizeram-me montar cubos,
fizeram-me responder a testes psicológicos.
Disseram que os ratos estavam lá
por causa de meus problemas econômicos.
Que eu estava tenso, nervoso,

que com uns comprimidos aquilo ia passar.
Nunca contei a eles o que acontecia comigo.
Nunca contei a eles sobre meu trabalho e como estava enojado.
Eram médicos do serviço de inteligência,
não podia contar-lhes a verdade.

Depois não aguentei mais.
Fui à revista e fiz o que fiz.

Você contou melhor do que eu.
Sua imaginação é mais clara do que minha memória.

Quando pequena, sempre tive uma queda por histórias de fantasmas. Eu morava em uma casa comprida e velha que rangia à noite e que, segundo minha fantasia infantil, era totalmente habitada por fantasmas. Vi sombras atravessando o corredor à meia-noite e ouvi passos pisando no assoalho. Ouvi risos ou conversas de pessoas inexistentes na sala dos fundos. Ouvi móveis que se mexiam, copos que quebravam, vassouras que varriam. Se foi tudo real ou parte de meu delírio de infância nunca saberei, mas suponho que graças a esse imaginário de criança fiquei doentiamente sintonizada com as histórias das almas. Sentia-me emparentada a elas como se tivessem sido escritas para mim. Assim que aprendi a ler, mergulhei nos livros que as continham. Eles chegavam aleatoriamente, sem um plano. Da estante da minha casa, da biblioteca de um amigo ou do programa de leitura que a professora do ensino médio nos dava. Lembro-me do velho espectro de *O fantasma de Canterville*. Assassino de sua mulher, dono e senhor da casa em que viveu por séculos, lutando contra a modernidade da família Otis que o menosprezava com sua falta de medo e com seus produtos de limpeza que apagavam as temíveis manchas de sangue do assassinato de Lady Leonor. Também me lembro de Ichabod Crane, cavalgando à noite no povoado de Sleepy Hollow, fugindo do Cavaleiro Sem Cabeça que o perseguia para matá-lo. Ou o fantasma de Catherine em *O morro dos ventos uivantes*, chamando entre as brumas por seu amado Heathcliff. Ou aquele par de irmãozinhos assediados pelas almas em *A outra volta do parafuso*. Ou as primeiras horas da morte de Ana María, em *La amortajada*, que repassa toda a sua vida ali de dentro do caixão, em seu próprio velório. Lembro-me de sonhar com a inquietante Mansão Usher e seus móveis presos ao chão, ou com o "Nunca mais" daquele corvo que aparecia à meia-noite evocando o fantasma da amada Leonora.

Imagino o homem que torturava assim, como um dos personagens daqueles livros que eu lia quando criança. Um homem assombrado por fantasmas, pelo cheiro da morte. Fugindo do cavaleiro que quer decapitá-lo ou do corvo que carrega no ombro, o qual lhe sussurra todo dia: Nunca mais.

Agora ele está em um ônibus do sul rumo a Bariloche. Está cercado por camponeses mapuches que viajam como ele. No bolso do paletó estão seu cartão de viagem e o novo passaporte, prontos para ser inaugurados na passagem dos Andes para a Argentina. Atrás ou na frente, em algum dos assentos, não muito próximo, viaja outro advogado do Vicariato. Ele não o conhece, mas sabe quem é porque são os dois únicos passageiros não mapuches no ônibus. Eles se olharam de seus assentos, mas não trocaram uma palavra. O advogado viaja para protegê-lo. Se surgir algum problema na passagem de fronteira, se a polícia internacional o detiver, se for identificado o passaporte falso, se por algum motivo a Força Aérea ou os serviços de segurança souberem de seu paradeiro e dessa operação para tirá-lo do país, o advogado terá de intervir e fazer o possível para manter tudo nos trilhos. Mas não há muito o que fazer, ambos sabem disso. Se os agentes de inteligência conseguirem detectar essa saída, é muito provável que tenham sérios problemas.

O homem que torturava tenta não pensar nisso. Foram meses de confinamento e esconderijo. Agora se deixa levar pela paisagem luminosa que a janela lhe mostra. Os campos e suas vacas ficaram para trás, o lago Puyehue também, e nesse momento imagino que eles estão indo para as montanhas. O céu está nublado. Pequenos flocos brancos sobrevoam suavemente o lugar, é isso que ele vê. Os flocos dão algumas voltas antes de pousar nas copas das árvores, nos galhos dos arbustos, na grama, nas pastagens. É neve. Provavelmente o homem que torturava nunca a viu, mas a verdade é que eu não sei. Só imagino que diante daqueles flocos que caem cada vez mais espessos, branqueando a paisagem, ele possa sentir aquela surpresa infantil que se experimenta ao ver a neve ou o mar pela primeira vez.

Pelos alto-falantes do ônibus soa o "Jingle Bells". É dezembro, em poucos dias será Natal. Provavelmente todos os camponeses mapuches que viajam a seu lado o fazem por causa disso, porque as festas se aproximam e eles vão visitar seus parentes. Levam os presentes de sempre, as galinhas para a ceia de véspera de Natal, as garrafas de aguardente e vinho tinto. No ônibus, todos conhecem a música e movem os lábios suavemente, cantarolando a melodia, balançando a cabeça ao ritmo, enquanto neva do lado de fora e, em seu assento, o homem que torturava pensa no estranho Natal que passará se conseguir fugir do país.

Uma das histórias de almas de que me lembro com maior prazer é *Um conto de Natal*, de Charles Dickens. O argumento é conhecido: o velho e amargo Ebenezer Scrooge recebe para o Natal a visita de três fantasmas, o Natal do Passado, o Natal do Presente e o Natal do Futuro. Com eles embarca em uma estranha viagem, meio sonho, meio memória, em que vê diferentes cenas de Natal que fizeram parte de sua vida. Ou fazem, ou farão.

Imagino o homem que torturava sentado no ônibus, lembrando-se dos fantasmas de seus próprios Natais. Uma árvore decorada com luzinhas que acendem e apagam lá em sua casa da infância em Papudo. Flashes de luz que ainda reverberam em sua memória. Seus pais, seus irmãos, talvez algum tio e alguns primos, todos sentados à mesa, conversando, rindo, comendo a galinha ou o bezerro que foi especialmente preparado pela mãe. Camponeses como aqueles que viajam a seu lado. Felizes em compartilhar uma noite sob a luz tilintante daquelas guirlandas de Natal que brilham ao ritmo de "Jingle Bells".

Outra lembrança o assalta. Como um golpe de luz daquela velha árvore de Natal, lembra-se de uma imagem e de um som. É a voz da primeira-dama da nação, a sra. Lucía Hiriart de Pinochet, falando a todo o país em rede nacional. Ele a ouve de um transmissor de rádio em Remo Cero, ou talvez no Ninho 20, ou na Academia de Guerra, ou na frieza de qualquer prisão, de qualquer cárcere clandestino. É véspera de Natal e é a vez dele de cuidar dos prisioneiros. Tanto eles quanto os guardas são envolvidos por um silêncio sem canções ou "Jingle Bells". A voz da mulher vai preenchendo o espaço com bons votos para todos os chilenos. Ela fala sobre a importância da família, dos entes queridos, dessa data especial e emblemática. Fala do Menino Jesus, da manjedoura, das vacas, dos porcos, do jumento, de Maria, dos reis magos, da pequena estrela de Belém, da magia do Natal e do amor todo-poderoso de Deus.

Naquele Natal, ou talvez em outro, um dos guardas pensou em fazer uma boa ação. Certamente ele havia recebido a visita de algum fantasma de seu próprio Natal e, em um gesto humanitário, foi abrindo as celas e tirando os prisioneiros mais antigos para que ceassem ao lado das sentinelas naquela noite. Não sei o que se terá comido no Natal em um centro de detenção. Provavelmente o mesmo que todos os dias, mas imagino que sair do confinamento por um momento e compartilhar um prato de qualquer coisa tenha feito daquele jantar algo diferente. Talvez houvesse uma garrafa de vinho. Talvez um pouco de *cola de mono*[2] e panetone. Talvez alguém tenha acendido uma vela. Talvez eles tenham conversado relaxados, talvez tenham tocado em tópicos que eram caros a todos sem fazer diferenças. Certamente eles se lembravam dos Natais passados, dos presentes entregues e recebidos. Os guardas e prisioneiros estabeleciam relações estreitas porque ficavam juntos por um longo tempo. Havia uma certa intimidade estranha que os envolvia e que, imagino, naquela noite os ajudou a passar momentos especiais. Mas o encontro não durou muito. O chefe da unidade chegou no meio da noite e os surpreendeu nesse rito de Natal incorreto. A vela se apagou de repente. A garrafa de vinho foi tampada e a mesa foi tirada, levando o panetone e a *cola de mono*. A festa rapidamente terminou e todos voltaram para suas celas, enquanto o guarda responsável perdeu o emprego e foi expulso da Força Aérea.

O terceiro fantasma que apareceu a Ebenezer Scrooge foi o Fantasma do Natal do Futuro. O espectro estava coberto por um manto preto que escondia sua cabeça, o rosto e o resto do corpo. Ele só deixava à vista uma mão estendida com o dedo indicador apontado para a frente. Se não fosse por isso, teria sido difícil distinguir sua figura na escuridão da noite. Apesar

---

[2] Tradicional bebida chilena feita na época do Natal, com aguardente, leite, açúcar, café e cravo. [N. T.]

de estar acostumado com a presença de fantasmas, Scrooge tinha tanto medo daquele espectro misterioso que mal conseguia ficar de pé.

Fantasma do Futuro, ele disse, eu temo você mais do que qualquer um dos outros espectros que eu vi. Mas, como espero continuar minha vida como um homem diferente do que sou, estou preparado para ver o que você tem a me mostrar.

O que se segue é um passeio noturno pela cidade. Como se estivesse em um grande redemoinho de vozes, Scrooge e o fantasma ouvem as conversas das pessoas na rua. Todo mundo fala de uma morte recente, alguém que morreu e que aparentemente gera muito desprezo. Ninguém chora por ele ou lamenta sua partida, eles pensam que este Natal será melhor sem esse personagem na face da Terra. Sem saber de que mortos estão falando, o espírito conduz Scrooge à frente do cadáver solitário. Trata-se de um amortalhado cujo rosto é impossível de ver. O quarto em que ele está é sombrio e triste. Não há flores nem velas. Ninguém assiste ao morto, ninguém o acompanha, apenas os ratos que começam a tomar conta do lugar. A imagem é perturbadora e dolorosa. Scrooge tenta entender o significado do que o fantasma está lhe mostrando, mas não consegue fazê-lo e é levado para outro lugar.

De repente, eles se encontram em uma casa humilde. É a casa de Bob Cratchit, seu assistente no escritório de contabilidade que dirige. Um homem do qual ele nunca se interessou em saber nada, apesar dos anos em que trabalharam juntos. Scrooge pode ver Bob no quarto de um de seus filhos. Ele se vê sentado em uma cadeira chorando sozinho enquanto contempla o lugar. Uma pequena muleta na cama dá a entender para Scrooge que o filho doente de seu assistente morreu faz algum tempo. Nessa cena natalina do futuro, Bob se isolou e chorou em segredo para não deixar sua família triste.

Depois Bob se senta à mesa com o resto de seus filhos e sua esposa. Ele faz todos prometerem que nunca esquecerão o pequeno Tim, era assim que o menino se chamava. Apesar dos anos, não esqueceremos essa separação que nossa família sofreu, diz ele. Sempre nos lembraremos de quão paciente e bom ele era, e não discutiremos entre nós sobre bobagens, porque valorizar o estar junto é o presente de Natal que seu irmão nos deixou.

Scrooge observa a partir da invisibilidade de sua condição. A cena é triste, mas luminosa como as velas que são acesas na mesa dos Cratchit. A criança não está lá, mas sua presença os acompanha. Algo parece se concentrar na mente, ou talvez no coração gelado de Ebenezer Scrooge, que rapidamente se lembra daquele cadáver solitário cuja tristeza não tinha a luz da casa em que ele agora se encontra.

Espectro, sinto que o momento de nos separarmos está chegando, diz Scrooge. Antes de fazê-lo, preciso saber quem é aquele pobre homem que vimos morto.

O Fantasma do Natal do Futuro estende o dedo indicador para a frente e move Ebenezer Scrooge para um tempo diferente, sem uma ordem lógica em relação às cenas recém-vistas, um momento futuro, editado por sua mesa de montagem própria e arbitrária. Nessa edição, Scrooge foi dar em um cemitério. Surpreendentemente, ele estava sob um portal de ferro com o espectro ao seu lado, que continuava a indicar para a frente. A pessoa horrível que todos desprezavam, cujo nome ele ia descobrir, estava enterrada lá. O espírito ficou entre o meio dos túmulos e indicou um deles. Scrooge avançou tremendo, mas antes de continuar ele perguntou ao espectro imutável, que nunca respondeu, se o que ele tinha testemunhado naquela noite com ele eram as sombras das coisas que aconteceriam ou apenas as sombras das coisas que poderiam acontecer.

Os caminhos que os homens tomam na vida prenunciam seu destino, disse Scrooge. Mas se alguém se desviar desse caminho, o destino mudará?

O espectro não respondeu. Ele permaneceu em silêncio indicando o túmulo a ser visto. Scrooge caminhou em direção a ele e, seguindo a direção do dedo indicador do espectro, leu em uma lápide desmazelada e suja seu próprio nome: Ebenezer Scrooge.

Quando li esse livro, meu professor nos deu uma tarefa. Tivemos de escrever em uma composição a história de dois Natais. Uma que lembrávamos e outra que imaginávamos no futuro provável. Não me lembro do que escrevi. Certamente alguma imagem daqueles Natais dos anos 70 rasgando papéis de embrulho sob a árvore luminosa e tão bem decorada da casa de meus primos. Ou talvez a fantasia de como seria o próximo Natal dos anos 80. Talvez eu tenha imaginado algum presente desejado ou algum prato especial, daqueles que eram comidos apenas nas festas de fim de ano. Eu estaria mentindo se dissesse que pensei em como era a véspera de Natal em prisões clandestinas, em centros de detenção. Eu estaria mentindo se dissesse que imaginei como era o Natal de todos aqueles que haviam perdido alguém em uma daquelas celas, em algum tiroteio, em alguma sessão de tortura, em uma execução ou o que quer que seja. Essas famílias se reuniriam para comemorar? Abririam presentes? Teriam um pinheiro de plástico como o meu? Uma manjedoura de plástico como a minha? Um menino deus de plástico como o meu?

Quero imaginar que naquela tarde de dezembro de 1984, enquanto foge do país e viaja nervoso, trasladando-se para a Argentina, entre todos aqueles camponeses entusiasmados com as festas, com seus presentes nas malas, nas cestas, com a fantasia de um pinheiro de Natal e algumas guirlandas luminosas made in China, cantarolando o "Jingle Bells" naquela paisagem nevada como as trazidas por globos de vidro decorados com trenós e papais noéis, o homem que torturava recebe a temível visita do Fantasma do Natal do Presente. Sentado em seu assento, com os olhos perdidos na neve, ele pensa por um momento, talvez por um breve momento, na família Flores, nos Weibel, nos Contreras Maluje, nos filhos do Quila Leo, nos filhos do companheiro Yuri, nos filhos do Pelao Bratti, nos filhos de Lucía Vergara, de Sergio Peña, de Arturo Villavela, de Hugo Ratier e de Alejandro Salgado. Mesas com algum jantar servido e com alguém que se lembre daqueles que já não estão lá. Quartos vazios em que algum pai se tranca escondido para chorar e não entristecer sua família.

O ônibus chega à fronteira e todos devem descer na alfândega. Malas e cestos serão revistados e cada passageiro deverá apresentar seu documento de identificação na Polícia Internacional. Não sei quanto tempo terá durado o trâmite, mas sei que todos eles foram chamados em voz alta por um policial que conferia a lista e pedia seus cartões de viagem para verificação. Loncomilla, Catrilef, Epullanca, Newuan, Kanukeo, Antivilo. Rostos mapuches, morenos, cabelos grossos, com olhos alongados. O policial confirma dados, confere sua lista, olha para o rosto de cada um e compara com o documento em suas mãos. E continua chamando em voz alta aqueles que permanecem. Loncomilla, Catrilef, Epullanca, Newuan, Kanukeo, Antivilo. E então pronuncia o nome do advogado que viaja como sentinela. Seu sobrenome ressoa no lugar.

O homem que torturava e ele trocam um breve e imperceptível olhar. O advogado vai em frente com seu cartão de viagem e representa seu papel. Sorri para o policial, espera que ele verifique, olhe, confira, e depois pega o cartão de volta. Então, seguem outros nomes, outros documentos, outros rostos, até que finalmente o nome falso do homem que torturava é pronunciado pelo policial.

Nem ele nem o advogado tentam trocar olhares. Eles só disfarçam.

O homem que torturava vai em frente. Com uma tranquilidade estudada e aprendida, entrega seu documento de identificação. Ninguém no lugar pode suspeitar do estado de nervosismo em que ele se encontra. Apesar do frio, suas mãos estão suando. Seu coração bate acelerado como o tambor ágil de uma canção de Natal. O policial analisa o documento como fez com todos os passageiros. Revisa, confere a lista, verifica se a fotografia é a da pessoa à sua frente.

De longe, o advogado observa. Para ele é mais difícil disfarçar, não tem muito treino. Sua perna direita treme imperceptivelmente. Talvez a pálpebra direita também. Sente um nó no estômago. Suas mãos, o pescoço, as costas, tudo nele transpira. Ele sabe que este é o momento. Se algo de ruim acontecer, ele deve agir, gritar que é um advogado do Vicariato, que vai acompanhar o agente Valenzuela onde quer que o levem, que não vai deixar que algo aconteça a ele.

Mas não é necessário. De seu canto, ele vê como o policial devolve o documento ao homem que torturava. Muito obrigado, ou algo assim parece dizer-lhe, e então o homem que torturava recebe de volta seu cartão de viagem e o guarda na carteira. Dessa vez, ele cruza um olhar com o advogado. Fazem isso de longe, é uma breve confirmação, mas precisa, indicando que passaram no teste, que aparentemente tudo funcionou como planejado.

O policial fecha a lista e vai para um escritório. Os passageiros esperam que a bagagem termine de ser despachada para voltar ao ônibus. Faz frio. O homem que torturava acende um cigarro. O advogado, de longe, faz o mesmo. Talvez haja um lugar para comprar um café. Talvez eles já tenham comprado. Talvez eles bebam de seu copo plástico enquanto cada um imagina o que está por vir. Um voo para Buenos Aires, um encontro com os contatos argentinos, depois outro voo para a França para aterrissar em uma nova vida, em um lugar onde ele possa finalmente se livrar do cheiro de morto e deixar para trás aquele corvo grosseiro que o acompanha em todos os lugares com seu Nunca mais.

Do escritório da Polícia Internacional, pode-se ouvir o nome falso do homem que torturava. O policial se assomou e o chama de novo. É o nome dele, pode ouvi-lo uma segunda vez claramente. Não é uma fantasia de pesadelo, nem uma invenção arbitrária minha para dar mais suspense à cena. É a pura realidade. Por alguma razão, o policial está chamando apenas ele. Só ele, nenhum outro passageiro.

O homem que torturava e o advogado olham um para o outro. Ambos empalidecem diante do chamado.

Já sem tranquilidade nem dissímulo, o homem que torturava apaga o cigarro e se aproxima do policial. A imagem de uma sepultura com seu nome passa por sua mente quando ele puxa mais uma vez seu cartão falso do bolso da jaqueta. Está escrito "Andrés Antonio Valenzuela Morales" em uma lápide lúgubre e abandonada que ele pode ver claramente em algum cemitério do futuro. Ou talvez não seja uma lápide, seja apenas seu corpo nu e crivado de balas descendo o rio.

Com nenhuma tranquilidade, muito menos dissímulo, o advogado observa o homem que torturava e o policial. Ambos trocam palavras que ele não pode ouvir. Ele sente que chegou a hora de intervir. Sente vontade de vomitar, talvez sua visão esteja turva. Ele não pensa em uma lápide ou em seu corpo crivado de balas, o futuro simplesmente deixou de ter imagens. Preso por aquela sensação de vazio, ele caminha em direção ao homem que torturava e que continua a falar com o policial. Os batimentos cardíacos acelerados vão guiando seus passos, a respiração, os pensamentos. Sou advogado do Vicariato, dirá ele. Não vou deixá-los fazer nada com o agente Valenzuela. Mas ele nem começou a falar quando o homem que torturava guarda seu cartão de volta no bolso e, com um gesto preciso, pede que ele recue.

O advogado desvia seu caminho. Não perde o ar decidido nem a velocidade, apenas apressa o passo e continua, como se estivesse indo para outro lugar. Enquanto isso, o homem que torturava se despede do policial, que volta a entrar em seu escritório.

Dois cigarros são acesos com urgência ao mesmo tempo.
Um está na boca do homem que torturava e o outro, na boca do advogado.

O nervosismo começa a liberar os músculos à medida que inalam e exalam a fumaça do tabaco. O homem que torturava não consegue explicar o que aconteceu, mas ao longe tenta dar sinais de tranquilidade. A reserva de sua passagem foi feita duas vezes, razão pela qual seu nome falso figurava duas vezes na lista da Polícia Internacional. Um pequeno mal-entendido que eles queriam esclarecer, nada de importante.

O motorista avisa para que subam no ônibus. As malas já estão no bagageiro e todos os passageiros voltam a entrar. O homem que torturava e o advogado fazem-no separadamente, sem se olharem, sem darem sinais que se possam prestar à interpretação. Quando todos estão em seus assentos, o ônibus sai e inicia sua rota, dessa vez através do território argentino. O Chile fica para trás. Uma perturbadora sensação de liberdade começa a espreitar através de todos os poros de sua pele, mas ele não quer se dar permissão para senti-la. Ele sabe que ainda há um longo caminho a percorrer. Horas de viagem de ônibus e depois de avião. Anos de vida. Ele prefere se distrair olhando pela janela. A paisagem se abre, ainda mais luminosa. A neve faz a luz refletir e tudo fica branco, como naqueles filmes absurdos em que as pessoas entram no céu depois da morte à procura de novas oportunidades.

Haverá uma nova oportunidade para ele?

Ele será capaz de mudar as sombras das coisas que vão acontecer?

Ele quer acreditar que sim, ele tem direito a essa mudança de pele. Mas, enquanto pensa, ele vê novamente através da janela aquele velho e conhecido corvo que, sobrevoando o ônibus, grita mais forte do que nunca. Nunca mais, ouve de seu assento. Nunca mais.

Vivo uma nova vida.
Eu me escondo do mundo em minha própria ratoeira.
Não uso e-mail, não dou meu endereço,
ninguém sabe minhas senhas.
Não sei como você fez para me escrever.
Não sei como você conseguiu fazer sua carta chegar a mim.

Por que você quer fazer um livro sobre mim?
Respondi a tantas perguntas no passado.
Devo continuar respondendo a perguntas no futuro?

Não tenho muito tempo.
Sei que mais cedo ou mais tarde eles vão chegar.
Não importa onde eu me esconda.
Não importa quanto tempo tenha passado.
Vai ser muito rápido, talvez eu nem perceba.
Eles terão os olhos vermelhos de um demônio que sonha.
Vão me encontrar aqui ou em qualquer lugar,
e alguém estará disposto
a manchar suas calças com meu sangue.

Talvez seja você mesma.
Talvez já o tenha feito lá no futuro.

Nada é real o suficiente para um fantasma.

O que mais posso lhe dizer?
Eu colho cogumelos na floresta, leio à tarde.
E à noite sonho com ratos.

Zona de Fuga

Lembro-me dela lá atrás, sentada em uma daquelas carteiras de madeira na última fila da sala de aula. O professor de ciências pedindo atenção enquanto se prepara para nos contar sobre o major Yuri Gagarin. Ou talvez não seja ele, e sim a professora de espanhol, que nos faz ler Charles Dickens. Ou o professor de matemática, ou o de artes plásticas, ou qualquer outro professor que lê nossos sobrenomes na caderneta de chamada enquanto todos nós ouvimos e respondemos em voz alta. Elgueta, presente. Fernández, presente. E ela sempre depois de mim na lista. González, presente. Quinze era seu número de chamada, e seu nome completo podia ser lido com linha vermelha na lapela de seu avental quadriculado: Estrella González Jepsen.

Eram tempos de sobrenomes e números. Um deles era um pouco disso, um sobrenome e um número em uma longa lista de crianças. Essa longa lista se unia a outra longa lista, e essa a outra longa lista, e todas aquelas listas que eram os cursos do colégio se formavam às segundas-feiras muito cedo no pátio para abrir a semana com um ato cívico. Alguém se adiantava e fazia um breve discurso de acordo com o que a semana traria: o dia do Carabineiro, o dia das Glórias Navais, o dia da batalha de Maipú, o dia do desastre de Rancagua ou qualquer outra gesta heroica que viesse ao caso, e então uma gravação soava no alto-falante com o Hino Nacional enquanto a bandeira era hasteada. Todos nós cantávamos o hino com o verso de *"Vuestros nombres, valientes soldados, que habéis sido de Chile el sostén"* (risos entre todas as fileiras de crianças mais novas ao ouvir a palavra *sostén*). *"Nuestros pechos los llevan grabados, los sabrán nuestros hijos también"*.[3]

Suponho que nós éramos isto: nossos filhos.

Minha escola era um lugar estranho, metade liceu, metade colégio. Começou como uma escola para moças em 1914, onde a então distinta população do bairro Matta, no coração de Santiago, punha suas filhas para estudar com as freiras. O lugar tinha um grande pátio com uma gruta em que se destacava a imagem da Virgem do Carmo. Atrás da Virgem, atravessando todo o pátio, erguia-se uma longa cerca. Do outro lado daquela cerca era possível ver uma escola secundária onde estudava a população não tão distinta do bairro. Os vizinhos com menos dinheiro, que eram cada vez em maior número lá no cruzamento da Nataniel Cox com a Victoria, mantinham seus filhos no ensino médio, e do outro lado da cerca, as senhoritas mais esnobes rezavam para a Virgem, que nem sabia que havia mais crianças às suas costas.

Era uma época de cercas e de virgens também.

---

[3] "Vossos nomes, bravos soldados, que foram do Chile o apoio./ Nossos peitos os levam gravados, nossos filhos também saberão." O motivo de riso das crianças menores se deve ao fato de a palavra *sostén* significar, em espanhol, além de "apoio", também "sutiã". [N. T.]

Mas nos anos 80 tudo muda. O Ministério da Educação da época tem a ideia de descentralizar a administração das escolas e dos liceus, transferindo-a para os municípios. Além de entregar patentes comerciais ou alvarás de circulação, além de se preocupar com caminhões de lixo, limpeza e decoração de praças públicas, tapar buracos nas ruas, regulamentar feiras e mil outras coisas, as prefeituras acrescentaram este novo item à sua gestão: a educação. Em seguida, foi alocado um subsídio estatal, que cada municipalidade administrava, e que não distinguia se o ensino era fornecido por escolas privadas ou por escolas municipais, gerando assim dois tipos de estabelecimentos subvencionados: as escolas municipais, onde a administração ficava a cargo da comarca em que estavam localizadas, e as escolas privadas subsidiadas, administradas por escolas privadas. Ambas receberiam uma taxa por aluno e por sua assistência. Dessa forma, meu liceu/escola tirou a grade do pátio e misturou todos os alunos para se tornar um estabelecimento particular subsidiado. Não havia mais distinções, éramos todos iguais perante o Estado, e cada um de nós receberia um dinheirinho para cobrir nossas despesas educacionais. Há algum tempo o bairro tinha deixado de ser distinto, não havia vizinhos ricos que pudessem pagar a matrícula e a mensalidade, por isso era melhor aderir a esse novo projeto de assistência. Foi assim que as séries aumentaram para quase quarenta e cinco alunos, e nem sabíamos quem era que estava na sala. Um mar de crianças, todas de uniforme, aferradas ao nosso número e ao nosso sobrenome para não naufragar.

Não sei se González chegou antes ou depois dessa metamorfose. Difícil lembrar de todos os rostos, todos os nomes. Guardo uma fotografia que aparece como prova de sua presença naquele tempo. Nela devemos ter cerca de dez anos e estamos uma ao lado da outra, junto com a classe toda. González se veste de grumete, o mesmo que eu. Usamos um chapéu de marinheiro branco que diz Marinha do Chile e nos pintaram um bigode com rolha queimada. Todos nós parecemos iguais, os quarenta e cinco, em uniforme azul, com chapéu de marinheiro e bigode de fuligem. Estamos em um palco que foi decorado com papel espelho como um grande navio, e no meio de nós, Muñoz, com uma barba de pano preto e um sabre na mão, faz um discurso heroico. "Garotos, o combate é difícil", diz nosso capitão, e nós o olhamos com olhos patriotas. "Porém, ânimo e bravura. Nossa bandeira nunca arriou diante do inimigo e espero que hoje não seja diferente. Enquanto eu viver, essa bandeira tremulará em seu lugar, e se eu morrer, meus oficiais saberão cumprir com seu dever. Viva o Chile, merda", termina Muñoz e se lança à abordagem do barco inimigo. Todos os anos, em comemoração ao dia 21 de maio, realizamos essa performance. Como em um déjà vu, temos de morrer novamente no convés inimigo por nossa pátria e nossa honra. Assim como no ano passado, e no anterior, e no anterior.

Detenho-me na memória.
Aqui eu devia fazer uma ligação com o homem que torturava. Seguir a regra que eu mesma estabeleci e revelar o estranho e distorcido vínculo que existe entre ele e González, elos distantes ou estreitos de uma longa e pesada corrente, como a arrastada pelas almas de Dickens ou pelos prisioneiros de uma prisão clandestina. Mas não vou fazer isso. Vou me concentrar em outras áreas da tela. Vou estender os limites da dimensão desconhecida e continuar linearmente essa história de pequenos soldados e bigodes grossos feitos com a fuligem de uma rolha queimada.

González era quietinha. Não falava muito, e se falava não me lembro. Mantinha-se no fundo da sala, meio escondida, escrevendo cartas nas folhas quadriculadas do caderno de matemática, que depois passava para minha amiga Maldonado. Elas se correspondiam e contavam uma à outra coisas secretas e importantes naquelas cartas, como o acidente que o pai de González havia sofrido algum tempo atrás. O cavalheiro estava em serviço, era um carabineiro da nação. Ninguém o conhecia muito bem, ele nunca ia às festas, às missas ou às reuniões de pais e mestres, mas alguns o viram algumas vezes e diziam que era um homem grande, de cabelos grisalhos e meio quieto, assim como González. O acidente que sofrera foi um acidente de trabalho. Um policial companheiro dele, por acaso, pegou uma granada e, por acaso, tirou sua trava. O pai de González, para salvar a vida de seu colega policial, fez alguma coisa, ninguém entende bem o quê, e parece que pegou a granada com a mão esquerda e tentou jogá-la para longe com a mão esquerda, mas antes que ele fizesse isso a granada explodiu em sua mão esquerda. Desde então, o pai de González, em vez de uma mão esquerda, usava uma mão de madeira coberta por uma luva preta.

Eram tempos de granadas e mãozinhas esquerdas também.

Os anos passavam devagar. O tempo era pesado, com tardes eternas de televisão, de *Cinema em sua casa*, de *Sábados gigantes*, de *Perdidos no espaço*, de *A dimensão desconhecida* e de Atari jogando Space Invaders em grupo. As balas verdes fosforescentes dos canhões terrícolas se moviam rapidamente pela tela até chegarem a algum alienígena. Os marcianos desciam em bloco, em um quadrado perfeito, lançando seus próprios projéteis, movendo seus tentáculos de polvo ou lula, mas sempre acabavam explodindo, como a mão esquerda do pai de González. Dez pontos para cada marciano na primeira fila, vinte para os da segunda fila e quarenta para os que ficavam mais atrás. E quando o último morria, quando a tela estava nua, outro exército alienígena aparecia do céu disposto a continuar lutando. Entregavam ao combate uma vida, outra e outra, em uma matança cíclica sem possibilidade de fim. Projéteis iam e vinham como em algum ato heroico daqueles que celebramos com atos e bandeiras hasteadas no liceu.

Eram tempos de projéteis e de massacres também.

Em algum momento, paramos de ir aos atos às segundas-feiras. Ficamos na sala ouvindo de longe o que acontecia no pátio. Quando o inspetor nos obrigava a comparecer, nos uníamos ao resto, mas não cantávamos mais a estrofe de "Vossos nomes, bravos soldados". Em troca, gritávamos "Que a tumba será dos livres e do asilo contra a opressão". Crescemos assim, gritando a palavra livres e a palavra opressão em voz alta todas as segundas-feiras de manhã, enquanto organizávamos as primeiras reuniões de nosso centro estudantil e ousávamos atravessar as portas do liceu para sair à rua em massa, como alguém que se atira ao ataque de um navio inimigo.

Eram tempos de marchas e manifestações. Eram tempos de revistas *Cauce* circulando de mão em mão. Eram tempos de manchetes surpreendentes. Tempos de atentados, sequestros, operações, crimes, golpes, reclamações, denúncias. Tempos de fantasmas também. De demônios bigodudos que davam seu testemunho em uma separata azul-clara com o título: EU TORTUREI. Tempos de especiais sobre a tortura. Tempos de quartos escuros e mulheres trancadas com ratos. Noites inteiras sonhando com esses quartos escuros e esses ratos. Tempos de pichações com spray nas paredes e panfletos que fazíamos em um mimeógrafo e depois distribuíamos pelas ruas. Tempos de faixas, de assembleias, de petições, de reuniões da Federação dos Estudantes Secundários ali no armazém da rua Serrano. Tempos das primeiras militâncias, das primeiras decisões, das primeiras detenções. Tempos de listas. Longas listas em que procurávamos o paradeiro dos camaradas presos. Tempos de casacos grossos que nos protegiam dos pontapés e chutes dos carabineiros. Tempos de limões, sal, cheiro de gás lacrimogêneo, jatos d'água dos caminhões-pipa, que não só molhavam e nos faziam rolar, mas também deixavam um fedor podre que não saía de nós por vários dias. Tempos de dirigentes. Lembro-me de alguns deles em pé em cima de uma fonte d'água no canteiro central da Alameda, discursando algo, dando instruções à espera de que os tiras viessem nos tirar dali aos pontapés e com disparos no ar, como se fôssemos marcianinhos dos Space Invaders. Éramos crianças. Não tínhamos nem quinze anos. Um exército de alienígenas anões, todos com bigodes pintados de fuligem, liliputianos que tomavam conta das ruas e escolas secundárias gritando com vozes estridentes, afiadas, reclamando, exigindo o direito de ter um centro estudantil livre, pedindo que baixassem o preço do passe escolar, que libertassem os colegas presos, que o tirano fosse embora, que a democracia voltasse, que o mundo fosse mais razoável, que o futuro chegasse sem quartos escuros, sem gritos e sem ratos.

González não participava de nossas novas atividades de guerrilha e inteligência. Acho que ela ficava na sala, escrevendo cartas para Maldonado naquelas folhas quadriculadas, contando-lhe coisas, como a viagem que ela havia feito com seu pai para a Alemanha, por exemplo. Depois do acidente da explosão da granada, o pai de González não tinha ficado muito bem, então as Forças Armadas o enviaram para a Alemanha para fazer algumas operações em sua mão esquerda, que não existia mais, para que o coto se encaixasse melhor. González o acompanhou e conheceu o Muro de Berlim que separava os mocinhos e os bandidos, e que se parecia muito com aquela cerca que fora instalada no pátio atrás da Virgem do Carmo. Claro que González estava do lado dos mocinhos, porque do outro lado era muito perigoso e não a deixavam passar. A partir de seu regresso da viagem, ela começou a se mover como se pisasse nas ruas daquele lado, do lado dos bandidos, e começou a chegar às aulas em um Chevy vermelho, que era de seu pai, mas quem dirigia era o tio Claudio, uma espécie de motorista ou guarda-costas que agora cuidava dela. O tio Claudio a esperava na saída do colégio, sentado no Chevy vermelho, fumando um cigarro, olhando por trás de seus óculos escuros, com aqueles bigodes tão semelhantes aos do professor de ciências, tão semelhantes aos do homem que torturava. Quando o sinal do fim das aulas tocava, González aparecia pela porta, entrava no carro e o tio Claudio a levava para casa.

Alguns entraram no Chevy vermelho e conheceram o tio Claudio. Diziam que era simpático, engraçado e que até dava cigarros do próprio maço. Uma vez fui dar um passeio no parque O'Higgins com o tio Claudio. González me convidou e eu entrei com Maldonado e ela no banco de trás. Chegamos ao Pueblito e depois fizemos uma longa caminhada. O Chevy era lindo e confortável, com bancos de courino azul, macios, brilhantes, com um cheiro de menta que saía de um saquinho de veludo pendurado na alavanca de sinalização. Ninguém me ofereceu cigarros, mas devo dizer que a viagem foi boa e que o tio Claudio, que estava nos olhando no retrovisor, foi muito educado e cuidadoso, e até abriu a porta para nós quando saímos do carro. González dizia que o tio Claudio era uma espécie de assistente de seu pai, que era de seu trabalho, e que, como as coisas estavam tão delicadas no país agora, o tio cuidava dela e a acompanhava, porque seu pai com a mão esquerda de madeira trabalhava muito e sua mãe tinha um bebezinho recém-nascido para amamentar. Assim, o tio Claudio, com seus óculos fumê e seu Chevy vermelho, passou a fazer parte da paisagem daqueles anos.

Eram tempos de Chevrolet e de homens bigodudos e de óculos escuros também.

Certa manhã de março de 1985, ouvimos uma notícia perturbadora na rádio. O locutor relatava uma descoberta macabra, assim dizia. Três corpos haviam aparecido degolados em um terreno baldio na estrada que leva ao aeroporto de Pudahuel. A polícia e os detetives estavam chegando ao local, assim como a imprensa. Jornalistas, fotógrafos, câmeras de televisão. O locutor falava de perplexidade. Grande perplexidade, assim dizia. Aparentemente tudo era confuso e estranho, mas o que mais nos chamou a atenção foi a palavra degolados, pois não entendíamos o que significava. Lembro-me de minha mãe me explicando em detalhes, e a palavra ficou rebotando por toda parte durante aqueles dias. Nós a vimos na manchete de muitos jornais. Ouvimos no rádio, na televisão, nas conversas de nossos pais, nossos vizinhos, nossos professores. Os três corpos foram identificados no Instituto Médico Legal como os de José Manuel Parada, Manuel Guerrero e Santiago Nattino. Os três eram militantes comunistas e haviam sido sequestrados havia alguns dias. Parada e Guerrero conversavam na porta de uma escola parecida com a nossa quando foram levados. Um era sociólogo e o outro, professor. A metros de distância deles, nas salas de aula, havia muitos estudantes, liliputianos como nós, alienígenas de bigodes pintados com rolha, todos sentados em suas carteiras, ouvindo o professor da matéria, sem imaginar o que estava acontecendo na entrada. Um grupo de carabineiros parou o tráfego na rua enquanto um helicóptero circundava os telhados observando, e dois carros, talvez um par de Chevrolet sem placas, paravam em frente ao portão da escola. Um grupo de bigodudos com óculos fumê desceu e levou o professor e o sociólogo com chutes e socos, assim como haviam levado antes José Weibel, o companheiro Yuri, Contreras Maluje, os irmãos Flores e inúmeros outros. Algumas crianças que faziam educação física nesse momento viram tudo. Não se soube mais do professor e do sociólogo até que apareceram degolados na estrada a caminho do aeroporto de Pudahuel.

Eram tempos de corpos feridos, queimados, baleados e degolados também.

Não tenho certeza do momento exato, mas sei que caixões, funerais e coroas de flores apareceram de repente, e não podíamos mais fugir disso. Talvez sempre tivesse sido assim e não tivéssemos notado. Talvez tivéssemos ficado tontos com tanto trabalho de história, tanto ato cívico e representações de combates contra os peruanos. Lembro-me de estar no velório de um daqueles degolados. Lembro-me de um caixão em um lugar ao qual não sei como cheguei. Éramos vários, todos de uniforme. Havia muitas flores e velas e pessoas que se mantinham em silêncio. A certa altura, apareceu o filho de um dos mortos, um estudante como nós, com o uniforme, com o brasão da escola no peito, e ficou ao lado do caixão por um longo tempo. Talvez ele tenha dito alguma coisa. Já não me lembro, mas o que sei é que o jovem não chorou. Nunca, em todo esse tempo que passou com o pai no caixão, ele chorou. Então, outro dia, lembro-me de uma marcha multitudinária em direção ao Cemitério Geral. Muitas vozes gritando e cantando palavras de ordem, fazendo exigências, orando pelos mortos. A multidão jogando pétalas de flores nos carros fúnebres, milhares de pétalas que cobriam tudo como uma chuva de panfletos jogados na rua. A multidão avançando com bandeiras e faixas. Enchíamos avenidas, atravessávamos pontes, caminhávamos sem parar. Mas não sei mais de que funeral me lembro. Pode ser o dos irmãos Vergara de Villa Francia ou o do jovem queimado por uma patrulha do Exército, ou o do padre que foi morto a tiros na cidade de La Victoria, ou o do jovem que foi baleado na rua Bulnes, ou o do jornalista sequestrado, ou o do grupo assassinado no dia de Corpus Christi, ou o dos outros, de todos os outros. O tempo não é claro, confunde tudo, revolve os mortos, transforma-os em um, volta a separá-los, avança para trás, retrocede, gira como em um carrossel de parque de diversões, como em uma gaiola de laboratório, e prende-nos em funerais, marchas e detenções, sem nos dar qualquer certeza de continuidade ou fuga.

Dias depois de ouvirmos a palavra degolados, González parou de ir à aula. Pensávamos que ela estava doente, mas sua ausência começou a durar muito tempo. Os professores não nos diziam nada, Maldonado também não tinha ideia do que estava acontecendo. O telefone de González só chamava, sua casa estava trancada, não havia como ter notícias dela. De um dia para o outro, González saiu de nossa vida. Sem perceber, começamos a nos acostumar com a carteira dela vazia no fundo da sala. Na lista, já repetíamos como um mantra sua ausência. Elgueta, presente, Fernández, presente, González, ausente. Não havia mais cartas de papel quadriculado, não havia mais tio Claudio, não havia mais Chevys vermelhos, não havia mais González. Com o tempo, disseram que ela havia mudado de escola, que tinha ido para uma escola alemã, que não morava mais naquela casa, que toda a sua família havia se mudado.

Eram tempos de desaparecimentos e de ausências também.

Em 1994, muito mais tarde, quando não frequentávamos mais o colégio, quando nosso uniforme não cabia mais e havia sido guardado em algum armário, a justiça chilena proferiu sua decisão em primeira instância pelo sequestro e assassinato dos militantes comunistas José Manuel Parada, Manuel Guerrero e Santiago Nattino. O comando assassino foi condenado à prisão perpétua. Na mesma tela de televisão em que anteriormente se jogava Space Invaders, agora vimos aparecer os carabineiros responsáveis pelas mortes. Havia seis agentes envolvidos. Eles podiam ser vistos claramente. Seus rostos desfilaram pela tela um por um.
Embora o tivéssemos visto pouco, não foi difícil reconhecê-lo. Seu rosto dez anos mais velho não nos dizia nada, mas aquela mão esquerda de madeira escondida por baixo de uma luva preta, sim. Ao lado dele, o tio Claudio do Chevy vermelho. O Pégaso, assim o chamavam. O sujeito alegou ter seguido as ordens de seu superior, o sr. Guillermo González Betancourt. O sujeito alegou ter esfaqueado um dos três homens enquanto seu superior observava no carro, um Chevette vermelho.

Todos nós vimos isso na tela da tevê. De alguma forma estranha, sintonizamos ao mesmo tempo a mesma imagem.

Às vezes, penso naquela viagem que fiz com Maldonado e González ao parque O'Higgins. Penso no Chevy vermelho. O banco de trás com aquele courino azul, macio, brilhante. Imagino um daqueles três homens sentados ali, vivendo os últimos minutos de sua vida a caminho do aeroporto de Pudahuel. Procurei informações para saber qual dos três viajou no Chevy, se o fizeram juntos ou separados, se o fizeram sentados naquele assento em que eu estava, ou se viajavam no porta-malas, escondidos e amarrados como sei que estavam, mas quando encontro essas informações esqueço-as rapidamente.

Algum tempo antes daquela exibição televisiva, em uma manhã de outubro de 1991, o tenente dos Carabineiros Félix Sazo Sepúlveda entra no Hotel Crown Plaza, no centro de Santiago. O tenente se dirige a passos rápidos ao balcão dos escritórios da Avis Rent a Car, onde Estrella González Jepsen, a mãe de seu filho pequeno, trabalha. A jovem Estrella, de vinte e um anos, está oferecendo os serviços da agência para a qual trabalha a um passageiro, quando o tenente Sazo para na frente dela e lhe aponta sua arma de serviço. Eles estão separados há algum tempo. O tenente tem dificuldade em aceitar essa separação. É por isso que ele segue sua mulher, assedia-a por telefone, ameaça-a como se ameaça um inimigo, um alienígena ou um militante comunista. Estrella, ele grita com força. Nossa jovem companheira mal consegue olhar para ele quando recebe duas balas no peito, uma na cabeça e uma quarta nas costas.

Como um marcianinho espacial, ela se desarticula em luzes avermelhadas.

A jovem Estrella desaba em posição fetal, morrendo no ato. De imediato, o tenente dos Carabineiros Félix Sazo atira duas vezes na própria cabeça com sua arma de serviço fumegante e cai no chão.

Na mesma tela onde antes vimos *Perdidos no espaço*, *Tardes de cinema*, *Sábados gigantes* ou *A dimensão desconhecida*, nossa companheira apareceu nas notícias sensacionalistas.

É assim que essa história termina, sem qualquer menção ao homem que torturava e com a imagem de Estrella González Jepsen derrubada pelas mãos de um carabineiro. Eu a imagino de uniforme escolar, como da última vez que a vi, em 1985. Obviamente, ela não estava assim no momento de sua morte, mas é assim que eu quero imaginá-la. Ao seu lado está o filho de um dos homens degolados, como me lembro dele naquele velório, em seu uniforme, de pé ao lado do caixão de seu pai, sem chorar. Ambos no mesmo palco em que minha cabeça os deposita. Um ao lado do outro, olhando um para o outro, talvez. Talvez não. São os filhos. É o que eles são.

Estamos ao seu redor. Todos nós deitados no chão, com nossos uniformes também, mas agora somos velhos, grisalhos, carecas, barrigudos, enrugados, abatidos como em nossas representações do 21 de maio no convés do navio inimigo. Veteranos de uma guerra antiga. Soldadinhos de chumbo chapinhando em um mar falso de papel espelho. O mar imenso e escuro da dimensão desconhecida.

Eu o imagino em um pequeno apartamento de um povoado francês. Talvez não seja um apartamento, mas uma cabana. Um lugar simples, no meio de uma aldeia perto da fronteira com a Suíça. Uma área com poucos habitantes onde a polícia francesa, que o protege, pode controlar a entrada e a saída de qualquer estranho. Está lá faz apenas algumas semanas. Está sozinho, não conhece ninguém e os vizinhos falam uma língua indecifrável. Não consegue ler os jornais, não entende o que os locutores de notícias estão falando, nem o motorista do ônibus, nem o merceeiro. Ele mal lida com a moeda e, embora a cidade seja pequena, ainda se perde entre suas ruas. Como o coronel Cook, daquele antigo capítulo de *A dimensão desconhecida*, o homem que torturava sobreviveu à sua jornada pelo espaço, mas sua odisseia contra a solidão e o medo está apenas começando. Ele é um terrícola perdido em um planeta estrangeiro. Depois de sua partida do Chile pelo Sul, viajou para Buenos Aires, e de Buenos Aires pegou um avião para Paris. Ali ficou por um tempo até que a Sécurité o mudou para esse lugar que agora é seu lugar. Um território desconhecido, marcado por um tempo morto e sem tradução.

Acho difícil imaginá-lo lá.
Tudo fica fora de foco depois de sua saída do Chile.

Suas palavras ficaram aqui, eternizadas naquele testemunho que deixou à jornalista e ao advogado, mas o homem que torturava, como ele foi, está se apagando. Seu bigode se apaga, o contorno de seu rosto, toda a sua figura desaparece, perde a cor, como aqueles velhos instantâneos dos anos 70 de minha infância. Fico apenas com fragmentos de sua imagem, vestígios esparsos dessa fotografia que vi na capa da revista *Cauce* e que agora volto a instalar na tela de meu computador.

Meu rosto se reflete no vidro, meu rosto se funde com o dele. Eu me vejo atrás dele, ou na frente dele, não sei.
Pareço um fantasma na imagem.
Uma sombra pairando sobre ele, como um espião que o vigia sem que ele se dê conta.
Acho que em parte sou isto: um espião que o vigia sem que ele se dê conta.

Com esforço, imagino-o tomando café da manhã certo dia em seu refúgio. É março de 1985 e alguns raios do sol de inverno entram por uma pequena janela. Mergulha um croissant no café e faz o exercício de escutar o rádio, mesmo que entenda pouco, ou quase nada. O locutor começa uma reportagem. Ele sabe disso porque já reconhece a abertura musical que o precede. As palavras são apenas ruídos no soneto inteligível daquela voz estranha. De repente, ele ouve que anunciam uma notícia do Chile. Ele entende perfeitamente. *Rapport du Chili*. O homem aumenta o volume do rádio como se naquele gesto ele ativasse alguma tradução instantânea. Aproxima o ouvido do alto-falante e, no meio de intermináveis frases incompreensíveis, ouve que repetem a palavra égorgés rudemente. Égorgés, diz o locutor. Égorgés. E, de tanto ouvi-la, a palavra deixa de ser um ruído e ganha caráter e peso. Égorgés, pensa ele mesmo e se pergunta o que ela quer dizer, a mesma coisa que nos perguntamos quando ouvimos pela primeira vez em espanhol dito pela voz de outro locutor, um chileno, a algumas centenas de quilômetros de distância. Égorgés, ouve o homem que torturava naquela cidade distante onde o exilaram, enquanto no Chile, naquele mesmo momento ou um pouco antes, pronunciam em vários rádios a mesma palavra em espanhol: degolados.

O velho corvo chia naquela janela francesa.
O homem sabe o que isso significa.

É dia 29 de março de 2016, e com minha amiga Maldonado ando pela rua a caminho de uma cerimônia. Anos se passaram desde o sequestro de José Manuel Parada e Manuel Guerrero na porta do Colégio Latinoamericano. No que antes era a frente da escola, e que hoje é a entrada de um moderno prédio de apartamentos, um memorial foi construído em seu nome. O memorial inclui Santiago Nattino, que foi sequestrado um dia antes e em outro lugar, mas que também acabou assassinado junto com seus companheiros.

Enquanto caminhamos, pensamos em González e nas pequenas cartas que ela escrevia a Maldonado quando éramos meninas. Pensamos também em nosso passeio no Chevy vermelho de González e no vínculo secreto e agitado que, graças a ela, nos liga aos homens que viemos homenagear hoje. Seguimos em frente lembrando aquele tempo rarefeito em que tivemos de crescer, e enquanto fazemos isso eu não consigo tirar uma música do Billy Joel de minha cabeça. É uma música que M pôs esta tarde enquanto lavávamos a louça e que estávamos cantando e traduzindo obsessivamente pelo puro prazer de fazê-lo. Às vezes acontece comigo. Há músicas que não consigo tirar da cabeça e ainda permanecem dias ou mesmo semanas em meu inconsciente. Essa é uma delas. Se chama "We didn't start the fire" e vai enunciando nomes de personagens da história, da música, do cinema, dos esportes. Também menciona livros, filmes, séries de televisão ou eventos que marcaram o mundo desde a data em que Joel nasceu até o momento em que escreveu a música, no final dos anos 80. Ele ordena tudo cronologicamente e depois dispara sem maiores explicações, mas, seguindo a pista, tem-se uma ideia do mundo em que cresceu.

Harry Truman, Doris Day, Red China, Johnny Ray.
South Pacific, Walter Winchell, Joe DiMaggio.
Joe McCarthy, Richard Nixon, Studebaker, Television.
North Korea, South Korea, Marilyn Monroe.
Rosenbergs, H. Bomb, Sugar Ray, Panmunjom.
Brando, The King and I and The Catcher In The Rye.

E assim vou conversando com Maldonado e cantarolando o refrão, sem querer, uma e outra vez, como se eu ainda estivesse na cozinha lavando louça com M.

We didn't start the fire, we didn't light it, but we tried to fight it.
Não começamos o fogo. Não o acendemos, mas tentamos apagá-lo.

Outro 29 de março, em uma cena que eu já imaginei, o homem que torturava e sua equipe sequestraram José Weibel enquanto ele viajava com sua família em um ônibus. Eles se dirigiam justamente à escola que existia aqui, para deixar seus filhos, como todas as manhãs. Da porta daquela escola, onze anos depois, em outro 29 de março, levariam Guerrero e Parada ao mesmo centro de detenção no qual José foi interrogado e torturado. Talvez fossem exatamente os mesmos agentes. Talvez não. Mas eles faziam parte do mesmo grupo, o grupo em que o homem que torturava operava.

Muitas pessoas vieram à cerimônia. Fecharam a rua, instalaram um palco e dispuseram cadeiras que não foram suficientes para todos nós que viemos. Maldonado e eu ficamos de um lado e tentamos nos sintonizar com o ato que já começou. Um apresentador conta como foi a gestão desse memorial, fala da oposição de alguns vizinhos, da recusa de vários funcionários municipais. Enquanto ouvimos, vejo um dos filhos de José Weibel ao longe. Eu o reconheço porque é um jornalista famoso que se dedicou ao jornalismo investigativo. Por esses dias, acaba de publicar um livro em que revela o desvio de fundos públicos feitos pelo Exército chileno na democracia. Cifras escandalosas que magicamente desapareceram. Weibel filho está sentado lá na frente, com sua esposa e filhos. Ele deve ter minha idade, ou é alguns anos mais velho. Conversa animadamente com o filho de Manuel Guerrero. Ambos riem, parecem muito amigos. Um estranho fio de coincidências tece suas vidas até esta data e este lugar.

Guerrero pai deve ter reconhecido o lugar para onde foi levado naquele 29 de março de 1985. Daqui foi transferido, juntamente com Parada, para um recinto chamado La Firma, o mesmo no qual o pai de Weibel tinha ido dar em outro 29 de março, o de 1976. Guerrero pai já havia estado lá naqueles anos e tinha sobrevivido. O homem que torturava diz que ele mesmo também participou daquela antiga detenção. O homem que torturava diz que isso aconteceu na avenida Departamental e que de lá ele foi levado para La Firma. Como em um déjà vu,

Guerrero pai deve ter se lembrado daquela outra detenção e de sua permanência naquele lugar em 1976. Talvez ele pensasse que, se já havia estado lá, nas mãos dessas mesmas pessoas, poderia se dar melhor dessa vez. Talvez ele pensasse que, se havia sido salvo uma vez, poderia ser salvo duas vezes. Mas o relógio da dimensão desconhecida é implacável. Não importa o ano ou a data, seus ponteiros encerram o tempo lá dentro, fazem-no girar em falso, avançar para trás, retroceder para a frente, para inevitavelmente acabar no mesmo lugar, aquele lugar sem distância de resgate possível onde José Weibel foi parar e, onze anos depois, o próprio Guerrero, ao lado de Parada e Nattino. Acho que aquele estranho fio de coincidências que tece essas duas histórias de sequestros, filhos, pais e morte alinhavou tudo naquela época e naquela costura e nos plasmou aqui, nesse canto onde participamos de uma cerimônia.

Um grupo de crianças canta no palco. Elas desafinam, começam de novo. Do outro lado da rua, no meio da multidão, vejo minha amiga X e sua filhinha L. Também vejo F e sua mãe, que conseguiram cadeiras e ouvem sentados confortavelmente, enquanto atrás acho que vejo a pequena S empoleirada nos ombros de seu pai N. Rondando o palco, meus amigos do documentário gravam com a câmera porque estão trabalhando em um filme sobre o filho de Guerrero. Há muitos rostos familiares neste canto. Eu poderia nomear H, R, C, E, todo um grande alfabeto, a lista completa de um curso que se reuniu nesta noite. Nem sei o nome de vários deles, mas eu os conheço de outras cerimônias como esta, de outras vigílias, de marchas antigas em que seus rostos foram aderindo à minha má memória, bem como essa música insistente da qual não consigo me livrar.

We didn't start the fire, we didn't light it, but we tried to fight it.

O homem que torturava diz que não se arrepende de ter falado. O homem que torturava diz que não se arrepende de ter chegado ao escritório da jornalista naquela manhã de agosto, há tanto tempo. Sua vida não foi fácil depois disso. Isolado em seu esconderijo francês, ratos e corvos o perseguiram. Sei que, desde sua chegada à França, ele teve reuniões com muitas pessoas. Sei que a Sécurité o levou a Paris toda vez que alguém pediu seu testemunho. Ele concordou com as horas, rotas, pontos de encontro secretos. Sei que reconheceu inimigos, sei que mais de uma vez teve de fugir vítima da paranoia ou de uma verdadeira perseguição. Sei que continuou identificando fotografias. Sei que se encontrou com advogados, juízes, parentes de vítimas. Ele até voltou ao Chile para testemunhar no tribunal, há pouco tempo. E assim, em trinta anos, sua vocação de testemunha permaneceu intacta. Apesar do medo, da paranoia e da distância, faria a mesma coisa novamente, diz ele, se o tempo enlouquecesse como naqueles anos e parasse e voltasse para trazê-lo de volta à mesma situação.

No entanto, há uma coisa que mexe com sua consciência sobre o testemunho que ele entregou, assim ele diz. Algo que tentaria modificar ou lidar com maior prevenção para que não houvesse danos colaterais. Para que o fio com o qual alinhavou suas palavras não se enredasse aos nomes de Parada, Guerrero e Nattino.

A filha de Parada e o filho de Guerrero sobem ao palco. Ela se parece muito com o pai; ele, com o seu. Ambos agradecem, em nome de suas famílias, a iniciativa do memorial. O grupo que o geriu é um coletivo de jovens que provavelmente não tinham nascido quando tudo aconteceu. Guerrero filho lê uma carta que sua própria filha enviou da Europa, onde estuda. É uma mensagem para todos, pois ela não quer estar ausente, apesar da distância. Fala sobre a herança que a vincula a esse lugar e o desafio de manter a memória ativa. Enquanto Guerrero filho lê a carta, penso que esse memorial e toda essa cerimônia são para ela. Não para seu avô e seus companheiros, não para seus pais, não para nós, mas para ela e para as crianças do coro. Para os filhos de Weibel filho. Para L, a filhinha de X. Para S que olha para tudo dos ombros de seu pai N. Para meu próprio filho, que, cansado de me seguir em cerimônias como esta, hoje não me acompanha.

Quando o homem que torturava falou no escritório da jornalista, ela sabia que a informação era extremamente delicada. É por isso que decidiu confirmar cada detalhe desse testemunho antes de ser publicado. Então entrou em contato com o amigo José Manuel Parada, militante comunista como ela, e responsável pelo Departamento de Documentação e Arquivos do Vicariato da Solidariedade. Ele era a pessoa mais indicada para ajudá-la na análise do material da entrevista, pois poucos manuseavam tanta informação sobre os aparatos repressivos. Todos os dias, José Manuel Parada recebia testemunhos de raptos, torturas, desaparecimentos e outros abusos. Ele sugeriu acrescentar a esse trabalho Manuel Guerrero, uma pessoa de sua inteira confiança, que poderia triangular a informação da entrevista com sua própria experiência como preso pela equipe do homem que torturava. Quem melhor do que ele, que estava lá e sobreviveu, para ajudá-los?

Submersos naquela zona escura, os três analisaram as longas horas de gravação do depoimento. Passaram meses navegando pelas palavras pesadas e densas do homem que torturava. Cada texto era alinhavado com um fio pegajoso que aderia aos seus corpos e ia enredando-os. Mensageiro do outro lado do espelho, tudo o que ele carregou daquele lugar perturbador onde esteve parecia ser completamente verdade. A jornalista, Parada e Guerrero foram ligando os pontos, reconhecendo nomes queridos naquela lista de mortos, associando esses crimes a outros, tentando reconstituir com aquele material cenas de detenção, tortura, execução, adivinhando a identidade dos agentes por trás de menção, fazendo as peças se encaixarem, desvendando uma meada que até hoje é tão difícil de entender.

Uma vez que a informação foi verificada, a jornalista, junto com Guerrero e Parada, decidiu que a entrevista seria apresentada ao *Washington Post*, nos Estados Unidos, e depois entregue com todos os seus pormenores aos Tribunais de Justiça chilenos. Para isso, eles tiveram de esperar que o homem que torturava deixasse o país e estivesse seguro, esse era o combinado. Até que isso acontecesse, suas palavras transcritas daquela zona escura os manteriam todos, eles, o advogado, ele, suspensos pelo mesmo fio.

Estamos aqui há cerca de uma hora e o locutor começa a encerrar a cerimônia. Familiares, autoridades e vários cantores já passaram pelo palco. A cerimônia de abertura chega ao fim, mas permanece aberto o convite que em todo dia 29 de março se faz, depois dos discursos e das palavras de afeto: chegou o momento de acender as velas. Agora está mais claro onde fazê-lo, não será mais uma longa fila de chamas bagunçadas sujando a rua com sua cera derretida, mas um fogo organizado em torno do memorial. Com ou sem autorização, na frente de um prédio ou na porta de uma pequena escola, com alguns poucos acompanhando ou com um grupo enorme, como agora, essa esquina volta a ser a mesma a cada 29 de março.

Um dia, um sacerdote apareceu no escritório da jornalista. Eu o imagino de batina comprida, sentado à mesa, falando devagar e com um sorriso fixo no rosto, como muitos religiosos têm. O padre alegou que vinha da parte da família do homem que torturava. O padre disse que os parentes do agente sabiam que ele havia conversado com ela e que desde então nunca mais tinha voltado para casa. Por essa razão, ele pedia um pouco de compaixão pela esposa e os filhos do homem que torturava. Por essa razão, o padre pedia uma pista de seu paradeiro.

A jornalista, eu sei, não imagino, não tinha ideia de onde estava o homem que torturava. Tudo o que acontecera até que ele deixasse o país, ela, para sua própria segurança, não sabia. O encontro na praça Santa Ana, o passeio de Renault 4 pelos centros de detenção, seu esconderijo em um lugar da Igreja, suas tentativas de obter um passaporte, sua partida para a Argentina pelo Sul e todas aquelas cenas que tentei imaginar não faziam parte das informações que a jornalista manejava.

Ela pediu desculpas ao padre e declarou que não tinha ideia do que ele estava pedindo. Que não conhecia nenhum Andrés Antonio Valenzuela Morales, disse. Que dificilmente poderia dar-lhe qualquer informação sobre seu paradeiro. Ao que o falso padre respondeu, sacando uma arma de debaixo da batina: Olhe só, sua filha da puta. Ou você nos diz onde ele está ou você vai se arrepender.

Todas as pessoas se dirigiram para o memorial. O palco, as cadeiras, os microfones são deixados para trás. Ficamos desordenados e chegamos fazendo um espaço para acender uma vela a cada um dos três homenageados. Uma pequena chama para Guerrero, outra para Parada e uma última para Nattino. Maldonado e eu não trouxemos velas ou isqueiros, mas observamos tudo e participamos do rito camufladas entre aqueles que vieram preparados. À nossa frente, uma garotinha pergunta à mãe se é um aniversário, se é por isso que estão acendendo velas. A mãe ri e não responde, enquanto Maldonado e eu vemos mais e mais velas se juntarem a esse grande bolo.

Estamos em dezembro de 1984 e a jornalista encontra um amigo de completa confiança. Ele se prepara para viajar aos Estados Unidos e ela lhe pede para que leve um documento de alta complexidade. Para sua própria proteção, ela não pode dizer o que é, mas nos Estados Unidos ele será contatado para a entrega. Ele aceita a missão. Naqueles anos, amigos de verdade aceitavam missões assim, então imagino a jornalista costurando o forro do casaco de seu amigo porque lá ela escondeu o documento com a entrevista que fizera com o homem que torturava. A entrevista será recebida pelo *Washington Post* para publicação futura.

Dias depois, ou talvez horas, não sei, o amigo da jornalista pega seu avião. Ele se acomoda em seu assento e, assim que cruza o cinto de segurança, começa a sentir uma sensação estranha nas costas, bem na altura dos rins. É um calor ameno, mas um pouco irritante, acompanhado pela voz de sua amiga. Que ele não tire o documento do forro do seu casaco, ouve-a falar em sua mente. Que ele não leia, que não fique sabendo de nada, que é a melhor coisa para ele e para todos. E o avião decola, deixa o solo chileno para trás, e ele sente aquele peso nas costas. Agora é um movimento perturbador dentro do casaco, que não foi e não será retirado. É como se ele estivesse levando um animal, um ser vivo que se move de um lugar para outro trancado em sua gaiola. E passa-se algum tempo e a aeromoça lhe traz algo para comer. Ele destampa o menu da bandeja e, com os talheres de metal, serve o arroz, a salada, o macarrão, a carne ou o que quer que tenha sido servido, enquanto sente aquela presença perturbadora e pensa novamente que não deve tirar o documento do forro de seu casaco, que não deve lê-lo. E come. E bebe uma taça de vinho. E é hora do café e a aeromoça recolhe a bandeja, mas ele decide ficar com a pequena faca de metal. Sem que ninguém perceba, ele a guarda no mesmo casaco que sabe que não deve descosturar. Não tire o documento do forro, assim lhe foi dito. Não leia. E enquanto ele sente aquele calor opressivo nas costas, toma o café e pensa sobre o volume que está trazendo. É um bicho perigoso, sem dúvida, algo como um rato ou um corvo, sente-o em seus rins e agora em suas omoplatas. E depois pede um uísque. E depois outro e outro. Ou talvez ele não peça nada. Talvez seus pensamentos não possam ser distraídos pelo álcool e de um momento para outro ele explode em rebelião. Ele simplesmente deixa de suportar essa presença em suas costas e para de dar crédito àquela pequena voz insistente que o avisa sobre o que ele deve ou não fazer. E como nas histórias infantis, o protagonista é tentado a desobedecer à ordem de sua mãe, de seu pai, de seu irmão mais velho ou quem quer que lhe tenha proibido alguma coisa, e com a pequena faca de metal com a qual ele comeu descostura o forro do casaco e tira o documento, assim como lhe disseram para não fazê-lo, e através dos papéis ele vê ratos e corvos saindo, e fica assustado, e teme, e não quer ser contaminado com a tinta de impressão desse texto amaldiçoado, mas já é tarde, já está manchado, ele não pode mais evitar e o lê, assim como lhe foi dito para não fazer, e ao fazê-lo as palavras do homem que torturava saem pegajosas e densas da caixa de Pandora, com todos os fios em que os nomes de Parada, Guerrero e Nattino já estão emaranhados.

O amigo da jornalista não podia acreditar no que estava lendo.

O amigo da jornalista chorou em silêncio, sozinho ali, na poltrona do avião.

Tantos nomes familiares, tantos mortos, tanto horror.

O amigo da jornalista se agarrou ao cinto de segurança porque sabia que depois daquela leitura cairia no vazio para nunca mais voltar a ser o mesmo.

Lembro-me de mais um capítulo de A *dimensão desconhecida*. Nele, um homem solitário e pobre encontrava um livro com uma inscrição que proibia sua leitura, pois quem o fizesse estaria em perigo de morte. Obviamente, o homem se sentiu tentado a abri-lo e ler seu conteúdo, mas antes de fazê-lo quis testar se o aviso era verdadeiro. O homem passou o livro a um velho conhecido, sem lhe dizer nada, e este imediatamente começou a ler. A leitura de seu conteúdo o cativou e o velho conhecido leu e leu por horas até que no fim ele caiu morto com um grande sorriso instalado em seu rosto.

O homem que havia encontrado o livro parecia muito chocado com o que acabara de acontecer. Não satisfeito com a experiência, tentou a sorte novamente e entregou o livro a outro conhecido. A situação se repetiu tal qual. Esse outro conhecido não resistiu à leitura, leu e leu, maravilhado, até que caiu morto com o mesmo sorriso que tinha visto no rosto do morto anterior.

O homem que encontrou o livro amaldiçoado começou a usá-lo como uma arma contra seus inimigos. Se alguém lhe cobrava dinheiro, se alguém se opunha aos seus propósitos, o livro aparecia como uma salvação. Todos liam e caíam no chão, e assim sua vida foi se transformando e sendo guiada pelas diretrizes daquele livro que seduzia e matava.

O homem que encontrou o livro amaldiçoado se tornou milionário, dono de uma cadeia de lojas e uma mansão de luxo onde vivia com seus quatro filhos e sua esposa platinada. Um dia, ciumento e paranoico como sempre foi do esconderijo de seu livro, ele decidiu tirá-lo do cofre em que estava e enterrá-lo em um lugar escondido em seu grande jardim. O que o homem não calculou foi que um de seus quatro filhos o observava da janela de seu quarto.

Um dia, o homem chegou à sua casa e ninguém veio recebê-lo. As crianças não chegaram em tropel com beijos e abraços, sua esposa platinada não apareceu. Somente seus criados recolheram seu casaco e chapéu. Quando ele subiu para o quarto, descobriu toda a família deitada em sua grande cama. Sua esposa tinha o livro aberto nas mãos e ao redor dela as crianças pareciam ouvir o que tinha sido uma leitura longa e satisfatória. Mas ninguém mais ouvia. Ninguém mais lia. A família do homem descansava em paz com um grande sorriso em cada um de seus rostos. Tudo o que eles tinham lido os transportara de uma vez por todas para os obscuros domínios da dimensão desconhecida.

O amigo da jornalista desembarcou em sua escala em Caracas, na Venezuela, com o documento escondido no forro de seu casaco. Saiu do aeroporto e lá foi recebido por um grupo de amigos que imediatamente perceberam que algo estava errado com ele. O amigo da jornalista não conseguiu conter o sigilo do documento e falou. E de sua boca saíram as palavras espessas do homem que torturava. E de sua boca saíram ratos e corvos. E o relato cativou e envolveu todos que o ouviram. Um jornalista chileno presente no grupo decidiu publicar a entrevista em Caracas. Não se pediu autorização à sua autora, nem sequer lhe indagaram, simplesmente o testemunho foi imediatamente publicado em um jornal venezuelano.

O que se segue parece um capítulo de A *dimensão desconhecida*. As palavras escritas com tinta perigosa se voltam contra seu dono.

As palavras escritas com tinta venenosa se voltam contra quem as conhece.

Ao saber da publicação, o grupo do homem que torturava se cansa de procurá-lo e decide acabar com tudo. Eles invadem a gráfica da AGECH, Associação Gremial de Educadores do Chile, porque têm certeza de que os originais da publicação do testemunho estão lá. A gráfica estava em nome do designer Santiago Nattino. Naquele mesmo dia, ele foi sequestrado e levado para La Firma. Eles o algemam a uma grade e é aí que os interrogatórios e a tortura começam. No dia seguinte, 29 de março de 1985, um dia como hoje, eles seguem outra das vertentes de investigação que tinham. Outro preso, no meio de outra sessão de tortura, em algum outro quartel clandestino, havia declarado que sabia que seus colegas de partido José Manuel Parada e Manuel Guerrero estavam trabalhando na análise do depoimento de um agente de segurança. Seguindo esse fio, o grupo do homem que torturava chega a essa esquina, nesse mesmo lugar, e muito cedo, com todas as crianças dentro das salas de aula, com os próprios filhos de Guerrero e Parada começando seu dia escolar, eles os sequestram naquela porta que não existe mais à base de chutes e porradas, e eles são levados para La Firma para serem torturados durante o dia e a noite.

Devem ter perguntado sobre o homem que torturava.
Devem ter exigido seu paradeiro.

Em 30 de março de 1985, enquanto todos os procuravam, enquanto a imprensa fala sobre o sequestro, em uma caravana encabeçada por aquele velho Chevy vermelho em que um dia eu entrei com Maldonado, um comando leva os três presos a caminho do aeroporto. Lá vão os companheiros do homem que torturava. Lá vai González, o carabineiro com a mão de madeira que participava das reuniões de pais da minha classe no colégio. Os carros param e os companheiros do homem que torturava fazem os três sequestrados descerem. Com uma faca, eles os degolam e depois deixam seus corpos sangrarem no chão. O país amanhece com esse "achado macabro", assim ouvi a notícia no rádio do carro de minha mãe a caminho do colégio. Assim eu lembro que disse a voz do mesmo locutor que hoje apresentou essa cerimônia que nunca termina.

A música de Billy Joel tinha um vídeo. Nele, Joel brinca com um par de baquetas em uma mesa de cozinha quando de repente um casal chega. É um casal de namorados, como dos anos 50, que começa sua vida naquele lugar. Eles não veem Joel. Ele é como um fantasma que vem do futuro e os observa sem ser visto, um testemunho presente de tudo o que circula naquela cozinha. Uma criança aparece rapidamente, que é o filho do casal. E então a criança cresce, torna-se adolescente, depois jovem, enquanto as modas vão mudando, enquanto aparelhos cada vez mais modernos chegam à cozinha, e as roupas da mãe e do pai evoluem. É uma vida que se passa naquela cozinha. Aniversários, formaturas, festas, almoços, natais, funerais. Às vezes aparecem as manchetes de um jornal. Às vezes leem a revista *Life*. Elvis é visto em alguma foto. Veem-se calendários que vão saltando suas folhas mês a mês, ano a ano, e relógios que avançam loucamente. E às vezes a família é outra família. Porque as famílias são todas muito parecidas e as épocas marcam famílias e cozinhas, mesmo que elas não percebam. E às vezes, no coro, Joel continua a tocar com suas baquetas sobre a mesa, mas atrás já não se vê a cozinha, e sim uma espécie de janela através da qual imagens da história do mundo aparecem nos anos em que ele estava crescendo. Um homem pendurado com correntes a uma árvore que me faz pensar na Coreia. Um homem oriental atirando em outro homem que me faz pensar no Vietnã. Prisões, policiais, soldados, cadáveres de alguma guerra. E depois chamas que começam a entrar pela janela até o lugar em que Joel está. Chamas que o queimam todo, porque não há cozinha, em nenhum lugar do mundo, em nenhuma época, que se salve do fogo da história.

    Golpe militar no Chile.
    O presidente Salvador Allende morre em La Moneda.
    Prisões em massa,
    fuzilamentos clandestinos,
    julgamentos de guerra.
    A Caravana da Morte percorre o Sul e o Norte.
    Víctor Jara é torturado
    e assassinado no Estádio Chile.
    O homem que torturava chega à Academia de Guerra.
    Os Quevedo, nossos vizinhos,
    escondem panfletos na minha casa.
    Minha avó reclama assustada.

    Cria-se a DINA, Diretoria de Inteligência Nacional.
    Cria-se a SIFA, Serviço de Inteligência da Força Aérea.
    Detenções seletivas, sequestros,
    desaparecimento de pessoas.

O homem que torturava
se une aos grupos antissubversivos.
Entro na escola, uso pela primeira vez um uniforme
e uma lancheira de alumínio.

Atentado ao general Carlos Prats,
ex-ministro do Interior de Salvador Allende.
Seu carro explode em Buenos Aires.
Na rua Santa Fe, Miguel Enríquez, líder do MIR,
é assassinado.
Pinochet viaja para o funeral de Franco.
É criado o Vicariato da Solidariedade.
Cadáveres em Cajón del Maipo sem falanges,
sem impressões digitais.

Ataque a Orlando Letelier em Washington.
Ato no Cerro Chacarillas,
setenta e sete jovens sobem com tochas
e são condecorados por Pinochet.
O homem que torturava
é sentinela em quartéis clandestinos.
O Chapolin Colorado se apresenta no Estádio Nacional,
eu vou vê-lo e levo meu martelo de plástico.

Contreras Maluje é sequestrado a quarteirões da minha casa,
minha mãe vê a detenção e depois
nos conta sobre isso na hora do almoço.
O Quila Leo é assassinado.
O homem que torturava
chora às escondidas em seu quartel.

A DINA é dissolvida e cria-se a CNI,
Central Nacional de Informações.
Nas minas de Lonquén são descobertos
os primeiros cadáveres de presos desaparecidos.
Don Francisco apresenta o primeiro Teleton;
faço com um grupo de amigas
uma festa do pijama para vê-lo
e ficamos acordadas a noite toda.

Parentes de presos desaparecidos se encaminham
ao Congresso Nacional.
Sequestram e matam o menino loiro Rodrigo Anfruns,
todas nós crianças tememos ser sequestradas,
mesmo que não sejamos loiras.

Realiza-se o Plebiscito Nacional.
A nova Constituição
que nos rege até hoje é aprovada.
Pinochet se muda para La Moneda.
Incêndio na torre de Santa Maria.
Inaugura-se o shopping Apumanque.
O ex-presidente Eduardo Frei é
assassinado na clínica Santa María.
O líder sindical Tucapel Jiménez é assassinado.
Começam a circular as revistas de oposição
entre meus colegas do colégio.
Leio o especial sobre tortura e sonho com ratos.

Crise econômica no Chile,
meus tios R e M vão para Miami fugindo das dívidas.
Inaugura-se o shopping Parque Arauco.
Familiares de presos desaparecidos
acendem velas em frente à Catedral,
vejo as chamas se apagarem
com o jato d'água do caminhão-pipa.

Realiza-se o primeiro protesto nacional.
O prefeito de Santiago Carol Urzúa morre
em um atentado;
em retaliação, cinco integrantes do MIR são baleados
nas ruas Janequeo e Fuenteovejuna.
Minha sogra tranca a porta
quando ouve os tiros.
M ouve tudo do décimo terceiro andar.
O homem que torturava
chega com as calças sujas de sangue em sua casa.
Sua esposa se dá conta.

A Frente Patriótica Manuel Rodríguez
começa suas atividades
com um primeiro apagão generalizado,
minha avó compra velas às dúzias.

Novo protesto nacional.
Pinochet é apedrejado em Punta Arenas.
Familiares de presos desaparecidos
continuam a acender velas em frente à Catedral,
vejo as chamas se apagarem
com o jato d'água de outro caminhão-pipa.

O homem que torturava
chega aos escritórios da revista *Cauce*.
Quero falar, diz.

O sacerdote André Jarlan é assassinado
no vilarejo de La Victoria.
O homem que torturava
se esconde em um lugar da Igreja Católica.
Seus superiores procuram por ele.
Declaram estado de sítio,
a imprensa da oposição não pode circular.
O homem que torturava sai do Chile.
O homem que torturava se asila na França.
Los Prisioneros lançam *La voz de los ochenta*.
Novo terremoto na Zona Central.

Os irmãos Rafael e Eduardo Vergara Toledo
são assassinados por uma patrulha policial.
No caminho para Pudahuel
encontram os corpos degolados
de Santiago Nattino, Manuel Guerrero e José Manuel Parada.
Vamos ao seu velório, vamos ao seu enterro.
Novo protesto nacional,
lançamos panfletos no centro de Santiago.
Lemos na capa de uma revista *Cauce*
uma manchete que dizia: EU TORTUREI,
concluímos que o torturador
se parece com nosso professor de ciências.

De volta para o futuro é lançado.
Marty McFly rompe as barreiras do tempo
e do espaço e viaja para o passado.
O cometa Halley passa.
Um vidente afirma se comunicar
com a Virgem em Peñablanca.
Na França, o homem que torturava continua
a testemunhar, de seu esconderijo.

Novo protesto nacional,
lançamos mais panfletos no centro de Santiago.

O jovem fotógrafo Rodrigo Rojas de Negri
morre queimado por uma patrulha militar.
Vigílias, jornadas de reflexão, marchas.

Sábados gigantes estreia nos Estados Unidos.
Atentado a Pinochet
pela Frente Patriótica Manuel Rodríguez,
Pinochet se salva e afirma ter visto a Virgem.
O jornalista Pepe Carrasco é assassinado.
Na França, o homem que torturava continua
a testemunhar de seu esconderijo.

O papa visita o Chile.
Vamos ao Estádio Nacional para vê-lo,
vamos ao parque O'Higgins para vê-lo.
Somos apedrejados e o caminhão-pipa nos molha.
Cecilia Bolocco ganha o título de Miss Universo.
Doze membros da Frente Patriótica
Manuel Rodríguez são mortos na Operação Albânia.

Vigílias, protestos, marchas.
Reuniões da Pro Feses
em um galpão na rua Serrano.

Setenta e sete atores recebem ameaças de morte.
O Superman visita o Chile em apoio a seus colegas.
Vamos vê-lo no galpão de Matucana.
Sequestram a mãe de um companheiro.
Dias depois, ela aparece com os mamilos cortados
com uma lâmina de barbear.

Na França, o homem que torturava continua
a testemunhar de seu esconderijo.

Familiares de presos desaparecidos
acendem e acendem velas em frente à Catedral.

É criada a Concertación de Partidos pelo Não.
Morre o poeta Enrique Lihn.
Pinochet é declarado candidato presidencial.
Começa a campanha pelo Não.
Começa a campanha pelo Sim.
Marchas, concentrações, caminhões-pipa, detenções.
Plebiscito no Chile.
Vota-se Sim pela continuidade do regime,
Vota-se Não pela interrupção do regime.
Ganha o Não.

Familiares de presos desaparecidos
acendem velas em frente à Catedral.

Começo a estudar
na Escola de Teatro da Universidade Católica.
Rod Stewart canta no Estádio Nacional.
O Cóndor Rojas corta a testa
no Estádio do Maracanã.
O líder do MIR, Jécar Neghme,
é assassinado na rua Bulnes.
Cai o Muro de Berlim.
De volta para o futuro 2 estreia.
Marty McFly quebra as barreiras do tempo
e do espaço e viaja até o ano de 2015 para salvar seus filhos.

Familiares de presos desaparecidos
acendem velas em frente à Catedral.

Nas eleições presidenciais,
vence o candidato da Concertación de Partidos
pela Democracia,
Patricio Aylwin Azócar.
Ato pela democracia no Estádio Nacional.
Conseguimos entradas e vamos em grupo.

Familiares de presos desaparecidos
acendem velas em frente à Catedral.
Eles estão confiantes de que agora saberão
o paradeiro de seus familiares.

O Congresso reinicia suas atividades.
Show de David Bowie no Estádio Nacional.
Conheço o Duque Branco e quero ser como ele.
A Anistia Internacional organiza dois shows.

Vejo Sinéad O'Connor ao vivo
e também quero ser como ela.
Meses depois, decido raspar o cabelo.

Os restos mortais de Salvador Allende
são transferidos para o Cemitério Geral
com honras de Estado.
Resgate espetacular
do lautarista Marco Ariel Antonioletti
do hospital Sótero del Río.
Horas mais tarde, ele é baleado na testa
pela brigada de assalto da PDI
na casa do concertacionista Juan Carvajal.

Movimento militar do Exército
em resposta à investigação judicial
dos pinocheques.
Três mil, quinhentas e cinquenta denúncias
por violações dos direitos humanos
são detalhadas no Relatório Rettig.
O presidente Patricio Aylwin
pede desculpas aos familiares das vítimas
pelos abusos sofridos.
Anuncia-se que haverá justiça
na medida do possível.

Familiares de presos desaparecidos
acendem velas em frente à Catedral.
Eles ainda estão à espera de respostas
sobre o paradeiro de seus familiares.

De volta para o futuro 3 estreia.
Marty McFly quebra as barreiras do tempo e do espaço
e viaja ao passado para tentar corrigir o futuro.

A Frente Patriótica assassina Jaime Guzmán
na saída do Campus Leste
da Universidade Católica.
Vemos tudo do ponto de ônibus.

Festas Spandex no Teatro Esmeralda.
A Frente Patriótica sequestra Cristián Edwards,
filho do dono do *El Mercurio*.
Dois integrantes da Frente Patriótica são mortos a tiros
quando saem da casa onde mantinham uma família refém.
Tudo acontece na esquina da escola onde estudo.

Erich Honecker e sua esposa Margot
chegam pedindo asilo.
Sor Teresa de Los Andes é canonizada.
Boinaço perto de La Moneda:
comandos do Exército se reúnem em trajes de combate
pressionando novamente contra a abertura do caso
pinocheques.

Familiares de presos desaparecidos
acendem velas em frente à Catedral.
Já não existem caminhões-pipa, mas não há respostas.

Três lautaristas são assassinados
no ônibus em que fugiam depois de um assalto.
A polícia mata três passageiros e fere doze.

Eduardo Frei filho vence as eleições presidenciais.
Kurt Cobain se suicida em Seattle.
Inaugura-se o Memorial do Preso Desaparecido
e do Político Executado.

Familiares de presos desaparecidos
acendem velas em frente à Catedral.

Show dos Rolling Stones no Estádio Nacional.
M e eu pegamos nossas mochilas
e vamos viajar pelo mundo.
Morre o escritor José Donoso,
aos setenta e dois anos de idade.
Fuga espetacular de quatro membros
da Frente Patriótica
da Prisão de Alta Segurança.
Um helicóptero os leva pelos ares
pendurados em uma cesta,
Crise asiática, o Chile sobrevive porque somos
os jaguares da América do Sul.
Mais shoppings, mais anúncios publicitários,
mais cartões de crédito.
Mais possibilidade de comprar tudo a longo prazo.

Familiares de presos desaparecidos
acendem velas em frente à Catedral.

Pinochet deixa o Comando do Exército
e se torna senador vitalício no Congresso Nacional.
O mundo ri da democracia chilena.

O Partido Comunista
apresenta a primeira queixa contra Pinochet.
Chino Ríos se torna o tenista número 1 do mundo.

Pinochet é preso em Londres,
o governo chileno intercede por ele
pedindo sua libertação.
O mundo ri da democracia chilena.

Familiares de presos desaparecidos
acendem velas em frente à Catedral.

Pinochet comparece perante um tribunal britânico.
Vemos tudo através de desenhos,
porque a imprensa não entra nos tribunais ingleses.
Minha avó morre antes de completar noventa anos.
Morre o cardeal Silva Henríquez,
criador do Vicariato da Solidariedade.
Jack Straw decide libertar Pinochet
devido a problemas de saúde.

Pinochet retorna ao Chile em um avião da FACH.
Ele se levanta da cadeira de rodas em que é trazido,
cheio de saúde,
para cumprimentar o comandante-em-chefe que o recebe.
O mundo ri da democracia chilena.

Familiares de presos desaparecidos
acendem velas em frente à Catedral.

Ricardo Lagos assume o cargo de presidente da República.
Uma mesa de diálogo é aberta.
Em rede nacional, é noticiado o destino final
de duzentos presos desaparecidos.

Familiares de presos desaparecidos
acendem velas em frente à Catedral.
Faltam nomes, dizem.
Faltam paradeiros.
Continuam perguntando: onde estão?

O juiz Juan Guzmán Tapia
pede que a imunidade de Pinochet seja retirada
para que seja privado de sua imunidade como
senador vitalício
e enfrente os mais de oitenta processos contra ele.

M e eu somos pais de um menino chamado D.
Atentado às Torres Gêmeas.
D come sua primeira papinha
enquanto vemos, pela tevê, as torres caírem.

A Comissão Nacional de Prisões Políticas
e Tortura entrega o Relatório Valech,
com o testemunho de mais de trinta e cinco mil
chilenos presos e submetidos a tortura.

Familiares de presos desaparecidos
acendem velas em frente à Catedral.
Continuam perguntando.
Continuam esperando.

D começa a andar e entra no jardim de infância.
Roberto Bolaño morre
no Hospital Vall d'Hebron, em Barcelona.
A Suprema Corte confirma a imunidade de Pinochet.
Manuel Contreras,
ex-diretor da DINA, é preso.
Sua filha chora e rola no chão.
Ele se recusa a ser preso.

Familiares
de presos desaparecidos
acendem velas
em frente à Catedral.

Começa a Revolução dos Pinguins,
mobilizações de estudantes secundários em todo o Chile,
ocupações, marchas, greves de fome
exigindo melhores condições
para a educação pública.

Greve de fome dos membros da comunidade mapuche
na prisão de Angol.
Militarização das comunidades mapuches.
Aplicação da lei antiterrorista
criada pelo governo Pinochet.

Familiares
de
presos
desaparecidos
acendem

velas
na
Catedral.

Cercado por sua família e entes queridos,
Augusto Pinochet morre no Hospital Militar
aos noventa e um anos de idade.
Ele nunca cumpriu uma sentença judicial no Chile.
Ouço as notícias e bato o carro na estrada.
No dia seguinte vou à seguradora do meu carro.
Está localizada ao lado da Escola Militar,
onde o velam com todas as pompas.
Milhares de fãs choram
e fazem fila para se despedir do tirano.
O neto do general Prats assassinado
espera pacientemente por sua vez.
Depois de horas esperando, ele chega ao caixão e cospe nele.

We didn't start the fire, no we didn't light it, but we tried to fight it.

Sinto o cheiro de velas sendo consumidas neste espaço. Reconheço a fumaça antiga colada à minha pele, ao meu cabelo e à minha má memória. Cheiro incômodo com sabor de pneu queimado, parafina, barricada, centenas de velas acesas. Tantos anos e não há como se livrar disso. O tempo não avança. Presente, futuro e passado estão amalgamados nessa cerimônia que nada mais é do que um parêntese de fumaça pautado pelo relógio de A *dimensão desconhecida*. Imagino que, como os filhos de José Weibel, Manuel Guerrero, José Manuel Parada e Santiago Nattino, outros filhos devem estar camuflados entre as chamas das velas. Talvez estejam Yuri Gahona e sua irmã Evelyn. Talvez eles ainda brinquem com o velho bispo branco de xadrez de seu pai. Talvez esteja também Alexandra, a filha de Lucía Vergara, a pequena Smurfette. Talvez ela tenha vindo com sua própria filha e sua parceira, porque sei que são mães de uma menina. Talvez estejam os filhos do Quila Leo. Talvez estejam os filhos de Carol Flores. Talvez estejam os filhos de Arturo Villavela. Os de Hugo Ratier. Talvez esteja Mario, o menino que perdeu sua casa que não era sua casa e sua família que não era sua família, lá em Janequeo. Aquele que se refugiou na Suécia e deu início a uma verdadeira família lá. Talvez esteja de volta com sua esposa e seus filhos reais e andem todos por aqui, juntando-se à celebração, respirando essa fumaça pegajosa que sai de tantas velas acesas.

Procuro a menina que há algum tempo ficou sem a resposta da mãe. Tento localizá-la, porque quero lhe dizer que sim, que este é um aniversário, tal como ela imaginou. Celebramos essa estranha data e acendemos sem parar essas malditas velas já faz muito tempo. Como em um eterno e aborrecido déjà vu, jogamos o jogo dos parênteses e nos encontramos sempre aqui, com os olhos avermelhados de tanta fumaça, iluminados apenas pela frágil luz dessas chamas. Procuro a garota entre todas essas pessoas conhecidas porque quero lhe dizer que ela tem razão, que isso é uma festa, mas que é uma festa de merda. Não merecemos aniversários assim. Nunca os merecemos. Nem ela nem eu. Nem Maldonado, nem X e sua filhinha L, nem F e sua mãe, nem N e a pequena S, nem M, nem D, nem Alexandra, nem Mario, nem Yuri, nem Evelyn, nem os filhos de ninguém, nem os netos de ninguém.

Quero contar a ela, mas não consigo encontrá-la.

A menina se foi.

Seguro o braço de Maldonado como quando éramos meninas e brincávamos que éramos velhas. Eu me apoio nela e ela se apoia em mim e começamos a inspirar profundamente, a absorver todo o ar e a fumaça que nossos pulmões gastos podem armazenar, e quando não aguentamos mais, quando sentimos que vamos explodir, fazemos nossos pedidos em silêncio e sopramos o mais forte que podemos. Sopramos e tentamos apagar, de uma vez por todas, com a força de quem cospe em um caixão, o fogo de todas as velas desse bolo de merda.

Há esta última cena que decidi escrever. Não faz parte de nenhum exercício imaginativo, mas sim da pura e doméstica realidade. Nela corre a água na máquina de lavar louça enquanto M e eu esfregamos a sujeira da louça que se acumulou durante o dia. M fala sobre *Frankenstein*. Esteve relendo o livro e agora se lembra de que no fim da história o monstro de Mary Shelley vai se esconder no Ártico, muito longe do mundo, fugindo de si mesmo e dos crimes que cometeu. É um monstro, M me diz. Só ele sabe o horror do que fez, é por isso que decide desaparecer.

Enquanto enxaguo garfos e colheres, acho que é verdade, o monstro é um monstro. Mas há uma ressalva: ele não escolheu ser o que é. Era parte de um experimento macabro. Na ponta dos cadáveres, o dr. Frankenstein costurou um corpo e construiu um ser vivo desconfortável com seu próprio cheiro de morte.

M passa a palha de aço pela frigideira suja e responde que isso explica suas ações, mas não o absolve de ter sido um monstro. De acordo com essa lógica, todos os monstros se justificariam com sua própria história.

Imagino a paisagem branca do Ártico e aquela criatura, metade besta e metade humana, vagando pelo vazio, condenada à solidão e àquele cheiro que nunca deixará para trás porque faz parte de si mesmo. O monstro se arrependeu, insisto. É por isso que ele acaba se escondendo no Ártico. Esse gesto não tem valor?

Pode ter, diz M. Mas isso só faz dele um monstro arrependido.

Caro Andrés,
    nessa nova vida que o senhor tem,
    aquela que me parece tão difícil de imaginar,
    talvez o senhor não se esconda mais como antes.

Trinta anos são suficientes
para aprender a se camuflar.
Certamente já está camaleonizado com a paisagem.
Certamente seu francês com sotaque chileno
não chama mais a atenção.
Certamente esta minha carta,
escrita em sua língua nativa,
com frases curtas e secas, como o senhor costuma falar,
deve parecer-lhe uma mensagem
traçada em uma linguagem indecifrável.

Sei que seu bigode já ficou grisalho.
Sei que agora usa óculos.
Sei que sua esposa naquela época não é mais sua esposa.
Sei que mantém contato com seus filhos e netos.
Sei que teve vários empregos.
Sei que dirige um caminhão.

Sei que está doente, ou estava.
Sei que, à tarde, o senhor lê e colhe cogumelos.
Sei que o Chile está se apagando um pouco em sua memória,
mas que sua praia, Papudo, não.

Caro Andrés, Papudo ainda é uma bela praia.
Especialmente agora, quando é inverno
e poucos de nós caminhamos
em suas areias negras.
Nesta vida, que é a única que tenho,
escolhi este lugar para me despedir.

À minha frente, um cachorro corre solitário,
fugindo das ondas.
Ele late e assusta um grupo de gaivotas.
O mar se agita com o vento.
Vai e vem, como as cenas
que tentei imaginar.

Ouço vozes toda vez que uma onda explode.
Gritos de ajuda encerrados em garrafas de vidro.
São centenas de garrafas.
Talvez mais.

Ao longe, acho que vejo o senhor fumando um cigarro.
É jovem, não usa bigode
e provavelmente ainda não entrou no serviço militar.
Deve ser alguns anos mais velho que meu filho.
Parou por um momento e olha para o horizonte
como se soubesse que ali, do outro lado do mar,
o espera um esconderijo que acabará sendo sua casa.

Enquanto fuma, encontra um olhar intrusivo.
Sou eu, que do futuro o observo com um olho de espião.
Com um gesto educado,
o senhor faz uma reverência a mim como sinal de saudação.
Acho que sorri e é assim que caminha ao longo da costa.
O senhor não sabe quem eu sou.
O senhor não pode imaginar a mensagem que trago
do Natal que está por vir.

O ar é fresco aqui em Papudo.
Vou comer amêijoas e enfiar os pés no mar gelado.
Mas isso será amanhã, hoje já está escuro
e as estrelas começaram a aparecer.

Caro Andrés,
nessa nova vida em que o senhor colhe cogumelos
e lê à tarde,
provavelmente estará deitado,
sonhando, acordado ou dormindo, com ratos.
Com quartos escuros e com ratos.
Com mulheres e homens gritando,
e com cartas vindas do futuro perguntando
sobre esses gritos.

Quando eu era menina, disseram-me que as estrelas
eram as fogueiras dos mortos.
Eu não entendia por que os mortos
acendiam fogueiras.
Supunha que era para enviar sinais de fumaça.
Sem telefone, sem correio,
de que outra forma poderíamos nos comunicar?

Minha fogueira morreu aqui na praia.
Sou uma sombra desfocada à luz das brasas.
Pego um carvão apagado
e pinto em mim um par de bigodes grossos.
É um gesto aprendido quando criança,
acho que fui treinada para isso.

Vocação de médium e de tira.

A fumaça avermelha meus olhos.
Assim avanço, lacrimejando e me arrastando
pela areia negra de Papudo.
Rastejando eu chego ao seu travesseiro.
Eu me esgueiro em seu sonho e escrevo com um corvo
as palavras que você me ditou,
para que elas ressoem
como sinais de fumaça lançados ao infinito.

Esse é um lugar de informação e fumaça.

De pesadelos compartilhados.
De quartos escuros.
De relógios parados.
De dimensões desconhecidas.
De ratos e corvos que ainda gritam.
De bigodes pintados com fuligem.

E virá o futuro
e terá os olhos vermelhos de um demônio que sonha.

O senhor tem razão.
Nada é real o suficiente para um fantasma.

Papudo, V Região, junho de 2016

Este livro foi composto em Fairfield LT Std no papel Pólen Natural para a Editora Moinhos enquanto Eramos Carlos acolhia o dia com *É preciso dar um jeito, meu amigo*.

*

James Webb captava um sol criança expelindo matéria em forma de jatos. Uma fotografia inédita do espaço.

*

Era outubro de 2023.